# 京大少年

菅 広文

幻冬舎よしもと文庫

# 京大少年

# 序章

フミノリはいつも不思議だった。

みんなが同じことをフミノリに言うからだ。

フミノリのおばあちゃんがフミノリに言った。

「フミ君は賢いねぇ」

フミノリのお母さんがフミノリに言った。

「フミ君は賢いねぇ」

フミノリの幼稚園の先生がフミノリに言った。

「フミ君は賢いねぇ」

フミノリは思った。

どうしてだろう?

どうして賢いのだろう？
普通のことをしているだけなのに。
普通のことができるのが賢いことなのかな？

じゃあ、おばあちゃんは泳いでいる魚にも
「泳げて賢いねぇ」って言うのかな？
じゃあ、お母さんは飛んでいる鳥にも
「飛べて賢いねぇ」って言うのかな？
じゃあ、幼稚園の先生は流れている雲にも
「流れて賢いねぇ」って言うのかな？
だから、フミノリはいつも
「賢い」と言われるたびにこう思った。

「なめやがって!!」

# 目次

# 第1章

# 「京大と府大ってどっちが賢いん？」

「京大入ってや」

高校3年の春、宇治原の家で僕ら二人がした会話からすべてが始まった。

それから1年後、宇治原は、自分で作り上げた勉強法で京大の法学部に見事、現役で合格した。

宇治原の勉強法はこうだ。

まずは自分の学力を測るために過去問が載っている赤本をする。

そして、年間スケジュールを立てる。

4月から6月までは暗記

7月から9月までは基本問題

10月から12月までは応用問題

1月、2月は赤本

学校が休みの日のスケジュールを決める。

7時　起床
7時から8時　朝食
8時から12時　勉強
12時から1時　昼食
1時から6時　勉強
6時から9時　夕食　テレビ
9時から11時　勉強
11時から12時　お風呂
12時　就寝

毎日11時間勉強することになるのだが、この時間にも意味があって、京大に受かった先輩が毎日10時間勉強していたらしいので、それよりも1時間増やしたのだ。

そして、各教科ごとに勉強法を変える。

〔社会〕

歴史は各時代ごとに覚えるのではなく、歴史を物語として捉えて、何回も教科書を読む。

〔数学〕

公式だけではなく、問題と答えを丸暗記する。

〔英語〕

単語帳を使って暗記するのではなく、教科書や問題集に載っている例題をまるまる、暗記する。

〔国語〕

勉強はしないで、新聞を読む。

〔理科〕

ほかの科目と違って問題も少ないので、何回も問題をやって暗記する。

〔アンダーライン〕

教科書に載っていることはすべて重要なので、アンダーラインは引かない。

〔暗記の仕方〕
書く、声にだす、歩きまわる。

〔問題のやり方〕
文系科目は問題が多いので、たくさんの問題集を買っていっぱい解く。
理系科目は問題数が少ないので、1冊の問題集を何回も解く。

ほかにもいろいろと細かい勉強法があったが、大まかにはこんな感じだった。

そして、なんの勉強計画も立ててない僕は見事に落ちた。

「芸人になろう」と僕が言いだしたのに、宇治原には芸人になるのを1年間待ってもらい、僕はなんとか宇治原の勉強法をまねて、大阪府立大の経済学部に合格した。

そして、予備校に講演会に来ていた吉本の社員の竹中さんに芸人になるためのオーディションがあることを教えてもらい、1年半かかってようやくオーディションに合格し、芸人の卵になった。

環境が一変した。

僕たち二人はまったく変わっていない。だが、周りにいる人たちが、良い悪いは別にして全然違うのだ。

それまでは予備校に通い、この大学はどうだとか、この学部はどうだとかいった話ばかりしていたのだが、楽屋ではあたりまえのように大学の話など一つもでてこなかった。

聞こえる話といえば、あのネタはどうだとか、あのバイトは時給が高いなどといった話ばかりだった。

バイトも僕たちがしている家庭教師ではなく、居酒屋や新聞配達、サウナなど様々なバイトをしていた。

「大学に合格するために勉強したこと」は今まで多数派だったが、今では少数派でもなく、単純に僕たちだけだった。

オーディションに合格してから少し経って、ほかの芸人の卵たちともしゃべれるようになってきて、「環境の違い」を実感するようになった。

ある芸人の卵に言われた。

「自分、大学行ってんねやろ？」

「うん」

「どこの大学なん？」

「府大やで」

すると、その芸人の卵が、僕にとっては驚くべき一言を言った。

「あー、阪大か」

頭の中にとびきりでかい「？」が浮かんだ。

どういう意味かわからなかったので、とりあえずもう一度僕は言った。

「え？　だから、府大やで」

「府大って阪大やろ？」

僕は「この人は何を言っているのだろう？」と思った。

もしかしたらボケているのかと思ったが、どうやらそんな雰囲気でもなかった。

だから、僕は普通に答えた。

「……違うで。大阪府立大やで」

「大阪府立大って、大阪大やろ？」

「え？　どういうこと？」

「同じやろ？　どっか違うの？」

びっくりした。

僕は（えーーー、マジですか！！！　マジで言ってはるのですか！！！　全然ちゃうやん！！！　名前も違うし、大学のある場所も違うし、偏差値も違うやん！！！学部によっては受験科目も違うし、現役の時は夏期講習で調子に乗って、「大阪大、神戸大」のコースを選んでしまい、まったく授業についていかれへんかったぐらい違うやん!!）と思ったが言うのはやめておいた。

「府大と阪大の違い」をわからないのはこの芸人の卵だけかと思ったが、そうではなかった。

ほとんどの芸人の卵がそうだった。

だから、僕たちが大学に行きながら、オーディションを受けていることがわかると、こんな感じの会話はたびたびあった。

次第に僕はめんどくさくなって、たまに「そう。阪大」と答える時もあった。

僕に比べて、宇治原はもっとかわいそうな時もあった。

僕と同じように、芸人の卵から大学名を聞かれた。

「自分、大学行ってんねやろ？」

「うん」

「どこの大学なん？」

「京大やで」

宇治原は経験上身につけているのか、なるべく自慢にならないような表情で言った。

宇治原が大学名を言った時の、今まで知り合ってきた大概の人の反応は「すごいやん‼」とか「めっちゃ勉強したやろ！！！」だったが芸人の卵たちの反応は違った。

その芸人の卵が真顔で宇治原に言った。

「京大って賢いん？」

僕は宇治原の顔を見れなかった。

本当に宇治原がかわいそうだった。

あんなに勉強したのに。京大に受かった先輩が10時間勉強すると聞いて、11時間勉強したのに。

各教科ごとに勉強法を変えて、一番効率のいい勉強の仕方を編みだしたのに。

京大の全国模試で2位をとったこともあるのに。センター試験で問題が解けず、失神するぐらいのプレッシャーを受けていたのに。

ただその芸人の卵には悪気はなく、本当に聞きたくて聞いているので、宇治原も半笑いで「うん。まぁ賢いんちゃうかな？」と言うしかなかった。

そして、その芸人の卵は傷に塩を塗る発言をした。

「京大と府大ってどっちが賢いん？」

高校で宇治原と知り合って以来、初めて宇治原と学力で比べられた。

芸人の世界でいうならば、師匠と弟子に「どっちが師匠でどっちが弟子なん？」と聞いてるようなものだと僕は思った。

弟子の僕は師匠の宇治原に答えさすのが、あまりにも失礼なので、

「いやいや、京大のほうが全然賢いで」

とすぐさま言った。すると、その芸人の卵はまたもや傷に塩を塗る発言をしてきた。

「大学どこなん？」と同様に多い質問だった。

「じゃあ、英語しゃべれるん？」

ほとんどの人は「大学どこなん？」と「じゃあ、英語しゃべれるん？」をセットで

質問してきた。

大学を受験したことのある人はもちろんわかることだが「大学受験」と「英語がしゃべれる」ことはまったくの別ものだ。

受験科目に英会話がでてこないから、そんな勉強をしていないので、二人とも英語はまったくしゃべれなかった。

ただ、その芸人の卵にとって「賢い人」イコール「英語をしゃべる人」だった。

正直に宇治原が答えた。

「いや、英語はしゃべられへんけど……」

すると、その芸人の卵は明らかに馬鹿にした表情で答えた。

「あ、そうなんや？　ほんなら、そんなに賢くないやん!!」

生まれて初めて「賢くない」と言われたであろう宇治原が反論した。

僕は心の中で「頑張れ!!　宇治原!!」と願った。

なぜなら「宇治原賢くない」イコール「菅もっと賢くない」の図式がこの芸人の卵の頭の中に出来上がるのが、容易に想像できたからだった。

宇治原が言った。

「しゃべられへんけど、英語の長文は読めるし、単語のアクセントはわかるで!!」

味方の僕が聞いても、なんかよくわからない反論だった。

すると、その芸人の卵が宇治原に質問した。

「アクセントってなんなん?」

今までに僕たちがされたことのない質問だった。

宇治原が答えた。

「……発音する時に、どこを強調するかってことやねん」

その芸人の卵が言った。

「どういうこと?」

宇治原が今までされたことのない質問に必死で答えていた。

「だから、アップルやったらアを強調すんねん」

すると、その芸人の卵がもっともなことをまたもや言った。

「それしてどうなんの?」

ついに言われた。

僕たちも、うすうす気づいていたが、深く考えないようにしていた一番的確なことをついに言われた。

　確かにそうなのだ。

　はっきりいって何の意味もないのだ。

　だから、僕はセンター試験にでてくる発音の問題のマークシートは考えることもなく、すべて3番を選ぶようにしていた。

　違う。単純にわからなかったのだ。

　宇治原の顔を見た。

　僕とは違い、その「それしてどうなんの？」に青春のすべてをかけていた宇治原は鬼の表情で相手を見ていた。

　そして、とうとう宇治原が墓穴を掘った。

「しゃべる時に便利やねん！！！　発音がわかってなかったら、外国人相手に伝われへんで！！！」

　その芸人の卵が冷静に言った。

「え？　しゃべられへんねやろ？」

　僕の頭の中で、1年半の間、オーディションに落ちた時に毎回聞いた不合格音が鳴り響いた。

そして、会話が終わった。

宇治原は京大の法学部に入学したが、弁護士を目指さなくて良かったと思った。

こんなに言い争いが下手だとは思っていなかった。

宇治原が弁護した被告は大概、罪が重くなって裁判が終わるだろうなと思った。

その時、宇治原を言い負かした芸人の卵の名前はツジムラ。

ツジムラの話によると、中学の時から芸人になることを夢見て、中学卒業と同時にこの世界に飛び込もうと思ったが、親に「高校だけは卒業して」と泣いて頼まれ、とりあえず高校に入学したらしかった。

だから、大学進学など考えたこともなかったみたいだった。

それから、ちょくちょくツジムラの話を聞くと、今までに経験したことのない新鮮なことだらけだった。

今までに育ってきた環境が180度違った。

ツジムラの通っていた高校はお世辞にも賢いところではなく、ツジムラいわく「誰でも入れる高校」だった。

ツジムラに聞いた高校入学の試験問題に度肝を抜かれた。

数学は一桁の足し算から始まって、一番難しい問題でさえ3桁同士の足し算だった。

そして、英語はもちろん、アクセントや長文読解があるわけではなく、大文字のAからZまでの書きとりと、小文字のaからzまでの書きとりだけだった。

ツジムラは数学は100点を取ったが、英語は小文字のpとqを反対に書いてしまい、100点を逃したらしかったが、学年で1番だったらしい。

とりあえず僕も宇治原も「pとqを間違えたことは人生で一度もない」のをツジムラがわかってくれて、「二人とも賢いなぁ」と言ってくれた。

共通点もあった。

僕たちの高校もそうだったのだが、ツジムラの高校でもカンニングはなかったみたいだった。

ただ、その理由がまったく違った。

僕たちの高校はテストの時は無監督制だった。

テストの時に先生が前や後ろで見ているのではなく、テスト用紙を配ると、とっとと職員室に帰ってしまうのだ。

しかも、机の中に教科書を入れておいても、注意はされなかった。

ただ、みんな本番のテスト、つまり大学受験に必要のないことは一切しないので、誰もカンニングしなかったのだ。

一方、ツジムラの高校でカンニングがない理由は明確だった。

それは「教科書を捨ててしまっているので、見るものがない」というものだった。

僕たちの高校のグラウンドではきっちりと手入れされた花壇があって、季節ごとに顔を変えていくのだが、ツジムラの高校のグラウンドには、焼かれたゲンチャリが何台かあるだけらしかった。

あたりまえの話だが、芸人にとってはどこの高校をでてようが、どこの大学に行ってようが、なんの関係もなく、事実ツジムラの組んでいたコンビのほうが、僕たちより上の地位にいた。

オーディションに受かったとはいえ、すぐに仕事が来るわけでもなく、同じような「戦い」が続く日々だった。

今までは「オーディションに受かるための戦い」だったが、それからは、「オーディションに受かったメンバー同士の戦い」が続く日々だった。

この頃になると、同じ時期にオーディションを受けていたメンバーは激減していた。

僕たちはオーディションから受けたが、大概１ヵ月もオーディションに落ち続けると、もう来なくなるのがあたりまえだった。

僕たちがお金がかかるという理由で行っていなかったNSCに入学する人数は、聞いた話によると1年間で500人ぐらいだった。

そして、自分たちの才能の限界に気づき、1年後残る人数は100人ぐらいになり、NSCを卒業しオーディションを受けて1年ぐらいが過ぎると、10人ぐらいになるのだ。

だから、ある程度決まった10組ぐらいのコンビと、売れるのを夢見て戦っていた。

その10組に入っているとはいえ、仕事は月に4回の舞台以外に何もなく、ネタ作りとバイトの家庭教師に明け暮れる毎日だった。

今までは、中3の男の子と小6の女の子の二人を教えていたが、生活費が足りないので、小6の女の子のお母さんの紹介で中2の女の子も教えることになった。

初めて彼女の家に行った時に、彼女のお母さんに言われた。

「この子はじっと座ってられないから、先生お願いしますね。捕まえてね」

意味がわからなかった。

「じっと座ってられない」とはいったいどういう状況なんだろう？

「捕まえてね」とはどういうことなんだろう？

その意味が、勉強を教えて1時間ほど経った時にわかった。

彼女はお世辞にも勉強ができる感じではなかったが、熱心に僕の話を聞いているので、ある程度時間が経てば、今まで家庭教師をしていた経験上、成績が伸びるとふんでいた。

1時間数学を教え、休憩をはさみ、英語を教えることにした。

今、彼女が学校で習っているのは比較級だが、あまりわかっていないので、教科書にでてくる英単語の暗記から始めることにした。

いくつかの英単語を教えていると、「ｓｕｇａｒ」つまり「砂糖」の英単語がでてきた。

すると、今まで真面目な顔をして勉強をしていた彼女の表情は一変した。

彼女が急に大きな声で叫んだ。

「先生や！！！　先生や！！！」

もちろん意味がわからなかった。

なぜなら、僕は「砂糖」ではないからだ。百歩譲って「佐藤」でもないからだ。

ただ、心の中で「やばい‼」という気持ちだけが膨らんでいった。

僕はおそるおそる訊《たず》ねた。

「なんで先生なん？」

すると、その子は得意げな顔で答えた。

「先生の名前『菅』やろ？　ほんならｓｕｇａやん‼」

やっと意味がわかった。

僕はできるだけやさしい表情を浮かべて言った。

「そうやね。先生やね」

すると、彼女はさっきよりも大きな声で叫んだ。

「先生や！！！　先生や！！！　先生の比較級や！！！　より菅や！！！　より菅

や！！！」

どうやら、学校で比較級を習っていて、最後に語尾が「アー」となると「より何々だ」と勘違いしているようだった。

彼女は「より菅や！！！」と叫びながら部屋からでて行った。

お母さんの言っていたとおりだった。

僕は部屋からでて行ったその子をなんとか捕まえ、部屋に連れ戻した。

そして、次の週から僕のあだ名は「より菅」になった。

その子に「より菅先生」と言われるたびに、出世したような気持ちになり、悪い気はしなかった。

そして、芸人の仕事でも僕たちにとって「出世できる戦い」が行われた。

その時、宇治原は大学3回生、僕は2回生。

まだ「元の世界」に戻れるかもしれない時期だった。

# 第2章　オーディションに受かったメンバー同士の戦い

オーディションに受かってからある程度の時期が経ち、同じようにオーディションに受かったメンバー20組ぐらいでトーナメントを戦い、優勝者を決める「新人王決定戦」というのが行われた。

それぞれのコンビがネタを2分ずつやって、ランダムに選ばれたお客さん10人にどっちがおもしろかったか投票してもらい、優勝者を決めるのだ。

僕らのコンビもツジムラのコンビも、もちろんその大会にエントリーしていた。

その大会はCSでも放送されるので、僕たちのようなコンビにとっては名前を売る大チャンスだった。

どのコンビも意気込みが半端ではなかった。

その大会の当日、まだ楽屋に入ることを許されていない僕たちは劇場の廊下でネタ合わせをしていた。

どのコンビも楽屋には入れないので、廊下はネタ合わせの声で、まるでそれぞれ喧《けん》嘩《か》をしているような状態だった。

すると、階段でネタ合わせをしていたツジムラの人一倍大きい怒鳴り声が聞こえてきた。普段あまり怒ることもない、温厚なツジムラがかなり怒っている様子だったので、心配になり階段まで行ってツジムラに話しかけた。

「どうしたん？」

ツジムラは顔を真っ赤にして僕に言った。

「聞いてや。こいつこんなん買ってきよんねん‼」

ツジムラの手を見ると、白い発泡スチロールの上に魚が乗っていた。

ツジムラの横でツジムラの相方が、この世の終わりのような顔でうなだれていた。

だが、僕は正直、何に怒っているのかがまったくわからなかったので、ツジムラに聞いた。

「どういうこと？　何を怒ってるの？」

ツジムラが相方を指さしながら言った。

「こいつ、太刀魚《たちうお》を丸ごと買って来いっていったのに、切り身買ってきよってん！！！」

怒っている理由を聞いても、それでなぜ怒っているのか意味がわからなかった。

僕はあまりにも激高しているツジムラをなだめて、詳しく話を聞いた。

ツジムラのコンビは、どうやらツジムラがネタを作っているらしく、今日の大会は新ネタで勝負するみたいだった。

僕たちのような新人のコンビのネタを見に来てくれるお客さんは限られていて、あまり同じネタをすると、「ネタばれ」することがあった。

だから、今回の大会で新ネタをするコンビがたくさんいたのだ。

やっとのことで今日の朝方にネタができたツジムラは、ネタに使う小道具を相方に買ってくるように頼んでいたのだ。

そのネタは『切腹』というネタで、ツジムラが切腹をして相方が介錯《かいしゃく》をするのだが、それが刀ではなく、刀に似たいろいろな物で「刀ちゃうやん!!」というつっこみで笑いを取っていくものらしかった。

その小道具の一つが太刀魚だった。

ツジムラの相方が太刀魚で介錯して、ツジムラが「刀ちゃうやん！！！　太刀魚やん！！！　確かに〝たちうお〟って漢字で〝太い刀に魚〟って書くけど」という予定らしかった。

　ツジムラが相方に叫んだ。

「こんな切り身でどうやって太刀魚ってわかんねん！！！　太刀魚ってわからな絶対受けへんやん！！！　ネタが滑ったらおまえのせいやからな！！！　だいたいなんで丸ごと買ってけえへんねん！！！」

　すると、相方が悲しそうな顔でツジムラに言った。

「……丸ごと買うお金なかってん」

　僕もツジムラもその場で黙り込んだ。

　あまりにも悲しくなり、僕はその場からそっと離れた。

　ツジムラのそんな状況に関係なく本番が始まった。

　ツジムラのコンビは丸ごとの太刀魚を買いに行く時間もお金もなく、太刀魚の切り身でネタをするしかなかった。

　僕たちのコンビは順調に勝ち上がり、違うブロックのツジムラのコンビがネタをすることになった。

「太刀魚事件」の全貌を知っている僕は、対戦相手には悪いがツジムラのコンビを応援していた。

そして、対戦が始まった。

まずは相手のコンビからネタが始まり、なかなかの受けで2分の時間が終了した。

ただ、僕は今まで見てきたツジムラのコンビの出来であれば、この勝負は間違いなく勝てると踏んでいた。

僕は舞台袖で、ツジムラに話しかけた。

「頑張れよ!! 決勝で会おうや!!!」

ツジムラが不安そうな顔で僕に言った。

「前半の1分は大丈夫やと思うけど、太刀魚がでてくる後半の1分が不安やわ。切り身やから太刀魚ってわからへんと思うねん」

そう言って、ツジムラが舞台にでて行った。

ツジムラのコンビのネタが始まった。

そして……ツジムラの心配を他所《よそ》に、ネタは前半も後半も滑った。

前半からフルスピードで滑っていた。

後半も前半と甲乙つけがたいほど滑った。

劇場の空調の「ブーン」という音が聞こえるほど静かだった。

唯一、やや受けしたのが太刀魚の所だった。

ツジムラのつっこみの「刀ちゃうやん！！！　太刀魚やん！！！　確かに太刀魚って漢字で太い刀に魚って書くけど！！！　ほんで切り身やん！！！」

この「ほんで切り身やん！！！」の部分だけがやや受けしたのだ。

相方がお金がなく、太刀魚丸ごとではなく切り身を買ってきてくれたおかげでやや受けしたのだ。

当然のようにツジムラのコンビは満場一致で完敗した。

それから、ツジムラのコンビは太刀魚の切り身を相方と半分ずつにして、帰っていった。

その太刀魚をどうするのかと聞くと、ツジムラは嬉《うれ》しそうに言った。

「せっかくやから晩御飯にするねん」

僕たちは「ツジムラのコンビの分まで頑張ろう」とはまったく思わなかったが、運よく決勝に行き、優勝してしまった。

それから、勝利者インタビューを受けるために、初めて楽屋に入れてもらった。

楽屋は僕が勝手に想像していた所とはまったく違って、汚くてとても狭かった。

なぜかはわからないが壁に大きな穴があいていた。それを隠すように紙がはってあり、太字のマジックで文字が書いてあった。

「拾い食い禁止」

その下に細字のマジックで「この楽屋にはねずみがでます。ねずみがかじった食べ物を食べるとお腹を壊します」と書いてあった。

信じられないが、どうやら拾い食いをした芸人がいるようだった。

簡単なインタビューが終わり、宇治原が「家庭教師のバイトがある」という理由で帰っていった。

優勝した余韻に浸ることもなく帰る宇治原は、宇治原らしかった。

僕は楽屋に入れてもらったことによる気持ちの高揚もあり、楽屋のモニターで先輩のネタを見ていた。

それから、1時間ほどが過ぎ、舞台から「新人王とったコンビも呼ぼうや」と言う声が聞こえてきた。

僕たちが優勝した「新人王決定戦」は舞台の前半だけで、後半は先輩方がネタを順々にしていたのだ。

それから、宇治原は帰っていたので僕だけ舞台にあげてもらい、先輩と初めてしゃべらせて頂いた。

この時やっと優勝した喜びを実感した。

テレビで見たことのある芸人としゃべれることが単純に嬉しかったし、芸人の仲間入りをしたような気になった。

それから緞帳《どんちょう》がしまり、先輩の方々に挨拶をして袖に行くと、鬼の形相のおじさんが立っていた。

何回か顔を見たことのある、劇場の支配人だった。

僕は絶対に褒めてもらえると思ったが、顔を見ただけで怒っていることは一目瞭然だった。

「おまえの相方、何を帰ってんねん!!!!!」

こんなに怒られたのは初めてだった。

しかも僕のことではなく、宇治原のことで怒られているのだ。

ただ、宇治原が帰る時も、新人を管理している吉本の社員に許可を取って帰ったのだ。

それなのに、その社員も支配人の横で少し怒った顔をしていた。

腹が立って僕は言い返した。

「いや、でも帰っていいって言われたんで」

すると、劇場の支配人が叫んだ。

「先輩のネタはずっと見とかんかい！！！！」

確かにそのとおりだと思った。

すると、横にいた新人担当の吉本の社員が僕に言った。

「確かに帰っていいって言ったけど、それでも先輩のネタ見るために残らんと。私はそれを試したのよ」

僕は思った。

（え――――、あんたが帰っていいって言いましたやん！！！）

なかなかの嘘を平気な顔でついてきやがった。

大人の汚さを初めて見た。

それから、とりあえず謝って劇場を後にした。

「新人王決定戦で優勝した喜び」と「理不尽なことで怒られた悔しさ」でよくわからない気持ちのまま階段を下りて行って外にでた。

するとと、今までとまったく状況が変わっていた。

(なんや。これは)

今まで劇場をでても、誰も待ってる人はいなかったのだが、100人ぐらいのお客さんが待っていてくれたのだ。

そして、今まで言われたことのないセリフを言われた。

「写真撮ってください!!!」

「サインください!!!」

よくわからないまま、ピースをして写真を撮った。

ようわからないまま、サインを書いた。

ただ、サインなどしたことがないので、家に郵便物が届いた時に、ハンコがない時にする「菅と漢字で書いてそれを丸で囲むだけ」のサインを繰り返した。

僕がマル菅サインを書いた子は、サインをするまでは笑顔だが、サインをした後は、なにか納得ができない表情でその場から立ち去った。

申し訳ない気持ちになり、サインの練習をしておけば良かったと思った。

それから家に帰り、優勝してから何があったかを宇治原にしゃべろうと思ったが、宇治原の親が電話にでても嫌なのでやめておいた。

というのも宇治原が芸人になるとわかってから、宇治原の親は僕のことを大嫌いになったのだ。

その気持ちはものすごくわかった。

今まで優等生で過ごしてきて、しかも現役で京大に入り、約束された将来が待っていると思っていた息子が芸人になると言いだしたのだ。

ものすごい衝撃だったと思う。

高校野球で名をはせ、プロ野球のドラフトに1位で指名されたのに、「連れとバンドやるわ」と言いだし、ドラフトを断ったみたいなものだと僕は思った。

出木杉クンが万引きしたみたいなものだと思った。

だから、芸人になる道へ誘った僕を嫌うことは、あたりまえの話だと自分でも思った。

「高校時代に宇治原の家に行った時の、宇治原家の僕の扱い」と「芸人になるのを誘ったのが僕だとわかったあとの、宇治原家の僕の扱い」は180度変わった。

高校の時に遊びに行くと、家族が温かく迎えてくれて、晩御飯にはお寿司をとってくれたり、焼き肉を食べさせてくれたりした。

しかし、高校を卒業し、芸人に誘ったのが僕だとわかると、でてくる食べ物が変わった。

「ほかほか弁当」がでてくるようになった。

ほかほか弁当はまだおいしいので良かった。

次にでてきた晩御飯は愛情のかけらもなかった。

テーブルに500円玉が2枚置いてあった。

もっとびっくりしたのは寝る時だった。

高校の時は来客用のフカフカのふとんをだしてくれていたのだが、高校を卒業し、芸人になるのを僕が誘ったのがわかると、ふとんも変わったのだ。

162センチしかない僕よりも小さいふとんが用意されるようになった。

僕が見たこともない可愛らしいキャラクターのついた子供用のふとんだった。

京都では帰ってほしいお客さんにお茶漬けをだす慣習があると聞くが、宇治原家は、客に帰ってほしいときはどうやら「お客さんよりも小さいふとんをだす」慣習があるみたいだった。

あと、一番びっくりしたのは宇治原と顔がそっくりの姉が僕のことを「菅くん」と呼んでいたのに、「菅」と呼び捨てにするようになったことだった。

この状況を変えるには、芸人で売れるしかないのだ。

# 第3章　金玉綱引きとふんどしゲーム

新人王決定戦で優勝してから、ありがたいことに舞台でネタをする以外の仕事も少しずつ入るようになってきた。

ただ、内容はもちろん僕らでなければならない仕事ではなく、映画のエキストラのような、いわば「誰でもできる」ような仕事がほとんどだった。

そして、宇治原の親が喜ぶような仕事ではなく、むしろ喜ばないであろう仕事ばかりが増えていった。

そんなある日に「京大が使える」仕事が舞い込んできた。

いつものようにネタを終えると、ある吉本の社員が話しかけてきた。

「自分らのコンビって大学行ってるんやろ?」

「はい!!」

「ほんなら明日この時間に来てもらえる? テレビの収録があるから」

ついに来た。

ついに京大が有効に使える仕事がやってきた。

思えば長かった。

オーディションに受かった時には「高学歴」ということで、たくさんの取材がきたが、現実は甘くなく、テレビやラジオの仕事につながるようなことはなかった。

ただ、それも明日までだ。

どのような内容かはまだわからないが、宇治原の持っている学力からすれば、活躍できるに違いないと僕は思った。

そして、それが放送されれば「学力を使った仕事」も増えるかもしれないと僕は思った。

宇治原もやる気になって「家に帰ったら、高校の時の問題やり直すわ」と言っていた。

そして、次の日になり、言われていた時間に劇場に向かった。

すでに劇場に着いていた宇治原は新聞を読んでいた。

宇治原に挨拶《あいさつ》をすると「もしかしたら時事問題がでるかもしらんからなぁ」と輝いた目で僕に言った。

そして、10分ほど待っていると、番組のディレクターと名乗る人物が番組の内容の説明にやってきた。

「とりあえずこれに着替えてくれるかな？」

そう言って、僕たちに白くて長い布を渡した。

状況がまったく把握できなかった。

（クイズを答えるのに着替える必要があるのか？）と疑問に思った。

「これってどう着替えたらいいんですか？　たすきにしたらいいんですか？」

まだ名前もまったく知られていない僕たちは、その白い布に自分たちのコンビ名を書いてたすき掛けにするのかと思ったのだ。

すると、そのディレクターが「そんなんも知らんのか？」という顔で言った。

「え？　ふんどしつけたことないの？」

白い布はどうやらふんどしのようだった。

もちろん今までつけたこともないし、今からつける意味もわからなかった。

すると、そのディレクターが僕たちに言った。

「何するか聞いてないの？」

てっきり、クイズ的なことをすると思っていた僕たちは、内容をまったく聞いていなかった。

というか内容を教えてくれることなど、今までなかった。

僕たちが教えてもらえるのは、「仕事の入り時間」だけだった。

だから、正直にそのことを伝えた。

そして、ようやく今日僕たちがすることが発表された。

思ってもみない発表だった。

正直、現役の時に大学に落ちた時よりも驚いた。あの時は落ちるとわかっていたからだ。

「大学に行ってる5人と高卒の5人で綱引きをしてもらうんやけど、普通にやってもおもしろくないから、金玉にそれぞれがロープをつないでそれを引っ張りあって、どっちが勝つか勝負してもらいます」

状況がとっさに理解できなかった。

よくよく考えてみるとこういうことだった。

宇治原は芸人になるために一生懸命に勉強をして京大に入って、「金玉にロープをつけて綱引きをする仕事」をしてお金を稼ぐ人物になったのだ。

それから、細かい説明をされたが、そのうちそのディレクターは「金玉にロープをつけて綱引きをする仕事」を「金玉綱引き」と言うようになった。

ディレクターが説明を終え、二人きりになった。

僕は宇治原に尋ねた。

「どうする?」

「どうするって?」

「いや、だから金玉綱引きやん」

僕も「金玉にロープをつけて綱引きをする仕事」を自然と「金玉綱引き」と呼ぶようになっていた。

すると、宇治原が新聞を読んでいた時と同じような輝いた目で言った。

「ええやん!!! おもしろそうやん!!!」

僕は昔のことを思いだした。

それは、高校3年の受験の時。京大に入って、芸人になろうと言いだした僕が大学に落ちた時のことだった。

芸人を目指していたが、大学には入りたかった僕は、一浪する覚悟だった。

その時の会話を思いだした。

「もしもし、菅やけど」

「おう」

「あかんかったわ」

「ははは、そうか」

「とりあえず1年予備校に行くわ」

「了解。ほんなら1年待っとくわ」

「……何を？」

「え？　芸人なるんやろ？」

「……おう!!」

「ほんなら1年後な」

「おう、1年後な！！！」

電話を切った。

少しの時間、受話器を見ていた。そして僕は思った。

(え――――待つんかい!!!! あいつほんまにアホちゃう!!!! よう京大の法学部受かったで!!!)

あの時のように僕は思った。

(え――――やるんかい!!!! こいつほんまにアホちゃう!!!!! 金玉綱引きやで!! よう京大の法学部受かったで!!!)

ただ、その時の「アホちゃう!!!!」と同じように僕は嬉しかった。

なぜなら、今回のような「芸人っぽい仕事」に憧れていたからだ。宇治原がごくあたりまえにその気持ちを持っていてくれていることが嬉しかったのだ。

それから、本番が始まった。

大学に行っている5人と高卒の5人が、金玉綱引きで勝負することになった。

コンビの僕たちは隣同士に並んだ。

高校時代から仲良しで、「一緒に楽しいことをしたい」という理由で芸人になった二人がついに結ばれる時が来た。

お互いの金玉をロープで結びあった。

必死で綱引きをした。

お互いのプライドがぶつかりあい名勝負になった。

そして……勝った。

……一つも嬉しくなかった。

「ふんどしになる仕事」はこれで終わりだと思っていたが、またすぐに入った。

テレビに、服を着るのではなく2連チャンでふんどし姿ででることになった。

そして、その仕事は今まで生きてきた中で一番過酷な仕事だった。

正月の特番で若手芸人が須磨海岸でふんどし一丁になり、ゲームをするという内容だった。

テレビにでれることなどほとんどないので嬉しかったが、冬の須磨海岸は信じられないほど寒かった。

高3の修学旅行で行った北海道に比べてもはるかに寒かった。

そこで行われたのが「師匠が脚立の上から投げる千円札を海岸で拾いまくる」というゲームだった。

必死で拾う若手芸人たち。

中には海に飛び込んでいき、体温が32度まで下がった芸人もいた。

あと1度でも体温が下がったら大変なことになっていたと、番組終了後にその芸人は医者に言われていたが、十分に大変なことだと僕は思った。

なんとかその仕事が終わった次の日に、宇治原に会うと、寒さで青ざめていた昨日の須磨海岸の時よりも青ざめた顔をしていた。

僕は風邪を引いたのだと思い、宇治原に言った。

「大丈夫かいな？」

すると、宇治原は青ざめた顔で言った。

「……見られてしまった」

まるで幽霊を見た時に「……見てしまった」というようなテンションで言った。

もしかしたら人間に見られた幽霊側は「……見られてしまった」と、ほかの幽霊仲間に言うのかもしれないと僕は思った。

話を聞くとこういうことだった。

宇治原家は毎年の恒例で、親戚一同が正月に宇治原の家に集まるらしかった。

仕事でいなかった宇治原を除いて、親戚全員が集まった。

そして、芸人をしている宇治原の話になったのだ。正月ということもあり、大量にお酒を飲んだ宇治原の親戚たちが、宇治原が芸人をしていることについて大反対し始めたのだ。

「京大まででてもったいない」

「売れるわけがない」

「テレビにでてるのを見たことがない」

「芸人の仕事なんてしょうもない」

口々に批判されたらしかった。

すると、宇治原と顔がそっくりの姉が反論した。

宇治原に顔がそっくりの姉は宇治原家で唯一、宇治原が芸人になることに理解を示していたのだ。

宇治原に顔がそっくりの姉が立ちあがり、叫んだ。

「みんないいかげんにしいや!!!　好き勝手なことばっかり言って!!!　フミノリも頑張ってるやんか!!!　それに芸人の仕事を差別するのなんかおかしいやん!!!　人を笑わす立派な仕事やんか!!!」

宇治原家が静まりかえった。

宇治原に顔のそっくりな姉がたたみかけた。

「それに、今日テレビにでてるって言ってたで!!! 見てもせんとフミノリの仕事を批判せんといたって!!!」

そう言って宇治原に顔のそっくりの姉が、テレビのチャンネルを変えた。

そこにはふんどし姿で千円札を追いかけまわしている宇治原の姿があった。

宇治原に顔のそっくりの姉が、すぐにテレビを消した。

ただもう遅かった。

静まり返ったリビング。

宇治原のおじいさんが言った。

「宇治原家の恥や。アメリカに行かせろ」

僕の家とは大違いだった。家に帰るとテレビを見ていた母親がニヤニヤした顔で、

「いくら拾ったん? なぁ、いくら拾ったん?」

と聞いてきただけだった。

親戚たちの気持ちも、僕はわかると思った。

確かに宇治原は、子供時代から期待をかけられてきたのだ。

「芸人になるために京大に入った『京大芸人』」ではなく、「京大に入ることができる頭脳を持った『京大少年』」だったのだから。

# 第4章　京大少年

話を聞くと、子供時代の宇治原は、高校で知り合った時と比べても輪を掛けてうっとうしかった。

ただ、高校時代の宇治原しか知らない僕には、宇治原の幼稚園、小学校、中学校時代の話は興味深かった。

宇治原がいかにして「高性能勉強ロボ」になっていったのか知りたかった。

そのルーツは幼稚園の頃からだった。

幼稚園の頃から宇治原は何かをするたびに「賢いねぇ」と褒められていたらしかった。僕も含めて普通の子供なら褒められると嬉しいし、喜ぶところだが、宇治原は違った。

褒められた時に宇治原が子供心に抱いた感情は「なめてんのか？」だったらしい。

というのも、幼稚園の時は小学校や中学校とは違い、何かをする時に得点がでることもなく、比較対象がないので、「自分だけが特別にできる」感覚がなかったのだ。

だから、大人に褒められるたびに「できるに決まってるやん。あんたもできるやろ？　なめてんのか？」と思ったのだ。

だが、親やおばあちゃんや、幼稚園の先生があまりにも嬉しそうなので、口にはださなかったそうだ。

僕は宇治原に素直な感想を言った。

「なんでも褒められたら嬉しくない？」

すると、宇治原は昔を思いだし、少し怒った顔で言った。

「ほんなら、おまえが魚やったとして、泳いでて『泳げて賢いですねぇ』って言われたら腹立つやろ？（泳げるに決まってるやん!!）と思うやろ？」

僕が納得できない表情を浮かべると、宇治原が違う例え話をだしてきた。

「ほんなら、おまえが鳥やったとして、飛んでて『飛べて賢いですねぇ』って言われたら腹立つやろ？（飛べるに決まってるやん！！！）と思うやろ？」

まったく並列の話を聞かされた。

魚と鳥を変えただけのまったく同じ話をされた。

なぜ宇治原は、僕が魚の例え話では納得せず、鳥の例え話では納得すると思ったのか疑問に思った。

すると、宇治原はさらに違う例え話をした。

「ほんなら、おまえが雲やったとして、流れてて『流れて賢いですねぇ』って言われたら腹立つやろ？（流れるに決まってるやん！！！）と思うやろ？」

先ほどの魚と鳥に比べると、よくわからないグレードも落ちている例え話をされた。

ただ、僕がもし魚なら「泳げて賢いねぇ」と言われたら「ありがとう！！！ まだもうちょっと速く泳げるで！！！ 見といてなぁ」と言うだろうし、僕がもし鳥なら「飛べて賢いねぇ」と言われたら「ありがとう！！！ もうちょい高く飛んでみようか？」と言うだろう。

雲のことはわからないと思った。

以前、宇治原に子供の時の写真を見せてもらったことがあった。

それは、宇治原が可愛らしい熊のぬいぐるみを背負い、両手には『5さいのテスト』と表紙に書いてある本を抱いているという、両極端の要素を持った写真だった。

そして、

「『5さいのテスト』の本、持ってるやろ？ 実はこの時、まだ4歳やってん」

というよくわからない自慢をされた。

この写真を見た時の感想は「こういう妖怪がいたら怖いだろうな」だった。

宇治原はこの『5さいのテスト』をやっている時から「なめてんのか？」の感覚があったようだ。

その『5さいのテスト』は、例えばクジラの絵とイルカの絵とペンギンの絵と鳩の絵が描かれていて「なかまはずれはどーれ？」といった問題が載っている本だった。

僕もそんなような問題をやったが、母親に褒められるのが嬉しくて、何度も何度も繰り返しやった記憶があった。

宇治原は違った。

そういった問題をやって、褒められると喜ぶのではなく、「なめてんのか？」と思っていたのだ。

ただ、子供時代の僕が絶対に思わないであろう疑問を宇治原は持っていた。

例えば〈青色　黄色　赤色〉〈青色　？　赤色〉〈青色　黄色　赤色〉と色が描かれていて〈?に入る色はなーに？〉という問題があったとする。僕も含めて大概の子供は間髪入れずに〈黄色〉を選ぶと思うが、宇治原は違ったのだ。

その時に宇治原が思ったことは（何色でもいいやん）だったそうだ。

僕が宇治原になぜそう思ったのかと聞くと、宇治原はこう答えた。

「だってまだ規則性がわかれへんやん。もしかしたら〈青色　黄色　赤色〉〈青色　緑色　赤色〉〈青色　黄色　赤色〉の順番の規則性で並んでるかもしれへんやん」

大人になった僕が聞いても、よく意味がわからなかった。

幼稚園の頃の宇治原の感情は「なめてんのか？」と「どうして？」の二つだけだったようだ。

「いかに大きな声で馬にありがとうと言えるか選手権」での疑問。

宇治原の幼稚園で牧場に遠足に行った時のことだった。

牧場で乗馬をさせてもらい、馬から降りる時に先生が「いかに大きな声で馬にありがとうと言えるか選手権」を開催したのだ。

なかなかおもしろい企画だし、教育的にも大きな声で挨拶をするというのは、僕はいいなぁと思った。

その選手権に立候補した園児たちは、競うように大きな声でありがとうと言った。

確かに僕がその場にいたら必死で大声をだしていたに違いないと思った。

園児たちが大きな声でありがとうと言うたびに、幼稚園の先生と牧場のおじさんは、微笑みあった。

たぶん幼稚園の先生の考えでは、みんなの挨拶が終わったあとに、「みんなよくできました。みんな優勝です!!」と言おうとしていたに、違いなかった。

ただ、そんな幼稚園の先生の考えどおりに、大きな声で挨拶をしない園児がいた。

宇治原だ。

宇治原はその出来レースの大会で見事に最下位を叩《たた》きだしたのだ。

どれだけ先生や牧場の馬に乗せてくれたおじさんに言われても、宇治原は普通の声で「ありがとう」としか言わなかったらしい。

こんな会話だった。

幼稚園の先生「じゃあ、宇治原くん。大きな声で馬にありがとうって言おうか?」

宇治原（普通の声で）「ありがとう」

幼稚園の先生「……もっと大きな声でありがとうって言えるかな?」

宇治原（普通の声で）「ありがとう」

宇治原が乗っていた馬「………」

牧場のおじさん「おじさんは聞こえたけど、もっと大きな声で言わんと馬は聞こえへんで！！！」

宇治原（人間より馬のほうが耳が良いと思いながら、普通の声で）「ありがとう」

この会話が10分弱続いたところで「いかに大きな声で馬にありがとうと言えるか選手権」は閉幕した。

僕は宇治原に「なぜ大きな声でありがとうと言わなかったのか？」と聞いた。

すると、宇治原はこう答えた。

「いやいや。馬にしゃべったって、わかれへんやん」

僕は言葉を失った。

あたりまえのことをあたりまえの言い方で言われただけなのに背筋が凍った。

すると、宇治原は続けて言った。

「乗せてくれたおじさんにはちゃんと『ありがとう』って言ったで」

普通の声でのありがとうは牧場のおじさんに向けての発言だったのだ。

「お弁当を忘れた園児におかずをあげることについて」の疑問。

お弁当を忘れる園児がいると、先生が大きな声でクラスの園児に提案した。

「みんな！！！　○○君がお弁当を忘れたから、少しずつおかずをあげましょう！！！」

するとほとんどの子供がその忘れた子供に寄って行き、おかずを渡した。

「このおかずあげる！！！」

「え——、そんなにあげるの！！！　じゃあ僕はこれだけあげる！！！」

「じゃあ、私はもっとこれだけあげる！！！」

そのような会話がクラス中で飛び交い、忘れた子供の机にはちびっこ相撲《ずもう》の横綱でも食べきれないほどのおかずが並んだ。

お弁当を忘れた子供は喜び、みんなにお礼を言って、もらったおかずを食べた。

ただ、一人だけおかずをあげなかった人物がいた。

宇治原だ。

僕は宇治原に「なぜお弁当のおかずをあげなかったのか？」と聞いた。

人生で生まれて初めて、人に「なぜお弁当のおかずをあげないのか？」と聞いた。

すると、宇治原はこう答えた。

「忘れてきてるのに、ちゃんと持ってきたやつより、おかずが増えてどうすんねん」

僕は言葉を失った。

「先生も食べきられへんほど渡してるんやから、止めなあかんわ」

あたりまえのことをあたりまえの言い方で言われただけなのに、またもや背筋が凍った。

すると、宇治原は続けて言った。

「お弁当で思いだしたけど、お弁当のおにぎりってノリ巻いてたらノリがべちゃべちゃなるやん？　だからお母さんに言って、ノリはラップに包んで別にしてもらっててん。すごいやろ？」

今までの人生で一番レベルの低い自慢を聞いた。

「終わりの会で、右手にウサギのぬいぐるみを持ち、左手にカエルのぬいぐるみを持ってしゃべる先生について」の疑問。

終わりの会で、園児たちがあまりにも話を聞かないと、先生は右手にウサギのぬいぐるみを持ち、左手にカエルのぬいぐるみを持って話をすることがあったそうだ。

ウサギとカエルの声色を変え、まるでウサギとカエルがしゃべっているようにすると、今まで先生の話を聞いていなかった園児たちが必死になって耳を傾けた。

そんなことをしなくても、先生の話を聞いていた園児がいた。

宇治原だ。

宇治原は、それをすると先生の話に耳を傾ける園児たちが信じられなかったそうだ。

理由を聞くと宇治原はこう答えた。

「いや、そんなんせんでも話は聞かなあかんやん」

確かにそのとおりだった。

「また先生の腹話術がめっちゃ下手やってん。口がめっちゃ動いてんねん。ほんであんまり口動かさないから、何言ってるかわかれへんくてイライラしてん」

馬の時といい、宇治原の幼稚園の先生が不憫《ふびん》でならなかった。

「サンバルカンごっこの配役について」の疑問。

僕たちの子供時代はヒーロー戦隊のサンバルカンが流行《はや》った。

近所の友達が集まると、野球をするか「探偵」をするか「サンバルカンごっこ」をするかのいずれかをして遊んだ。

それは、宇治原が住んでいた地域も同じだった。

『サンバルカン』は、サンバルカンレッドイーグル、ブルーシャーク、イエローパンサーの3人で、レッド、ブルー、イエローの順番に人気があった。

それは僕が住んでいた地域も、宇治原が住んでいた地域も同じだった。

だから、「サンバルカンごっこ」をする時は当然、みんながレッドイーグルをやりたがるのだ。10人集まれば10人とも、レッドイーグルをやりたがった。

配役はじゃんけんで決めるのだが、負けてしまうと敵の雑魚《ざこ》をやるのがその当時の慣習だった。

レッドイーグルができるのと、敵の雑魚では雲泥《うんでい》の差があったが、みんな必死でじゃんけんをして、レッドイーグルの座を狙った。

もちろん僕もそうだったし、レッドイーグルができた晩はよく寝れた。

逆に敵の雑魚になると「サンバルカンごっこ」が終わるまで「ひーひー」と言っているだけなので一つも楽しくなく、喉がかれるだけだった。

中には敵の雑魚になると帰ってしまう、わがままな子もいた。

宇治原は敵の雑魚をやったことがなかったらしかった。

じゃんけんに勝つ秘策があったのか？　と聞くとそうではなかった。

「もともとレッドイーグルに立候補してへんねん」

耳を疑った。

あの当時の子供でレッドイーグルが嫌いな子供がいるとは思えなかった。

それほどレッドイーグルの力とリーダーシップは凄《すさ》まじかった。

僕が「なぜレッドイーグルに立候補しなかったのか？」と聞くと、宇治原はこう答えた。

「リスクが高すぎるやろ？」

どうやら宇治原は幼稚園の頃からリスクを考えて、暮らしていたみたいだった。

「もし負けて敵の雑魚になったら最悪やん。だから、やっててもそこそこ楽しいブルーシャークに立候補してててん。ほんなら、俺しか立候補してへんからいつもブルーシャークできてん。レッドイーグルをやるのよりは楽しくないけど、敵の雑魚よりははるかにましやろ？」

宇治原がなぜリスクの高い芸人という仕事を選んだのか理解できなかった。

「先発隊と後発隊」に関する疑問。

「サンバルカンごっこ」と並んで、宇治原の幼稚園で流行っていたのは「先発隊」と「後発隊」の遊びだった。

僕が子供の時にしたことのない遊びだったが、聞くと内容は至極シンプルだった。

その遊びは、ジャングルジムの頂上から飛び降りるだけの遊びだったようだ。

初めに飛ぶ人を「先発隊」と呼び、あとで飛ぶ人を「後発隊」と呼んでいたのだ。

この遊びには危険が伴い、着地を失敗するとこけて膝《ひざ》を擦りむいたり、足をぐねったりするらしかった。

「先発隊」と「後発隊」のどちらにも属していない子供がいた。

宇治原だ。

怪我をすることは嫌だが、その遊びには参加したい宇治原はその隊のどちらにも所属せず、新しい隊を自分で作ったのだ。

その名は「救助隊」。

「救助隊」の役割は明確だった。「先発隊」と「後発隊」が飛んでくるのを、ジャングルジムの下で待ちかまえ、飛んできた子がこけないように、補助する役割だった。体操の鉄棒競技で、横で待ちかまえている人と同じ役割だ。

宇治原はその役割を見事にこなし、幼稚園を無傷のまま卒園することになった。

そして小学校に上がり、テストが頻繁に行われ、自分が「賢い」ことを自覚するようになる。

「なめてんのか？」と「どうして？」の感情も自然と薄れていった。

感情がなくなる。

いよいよ高性能勉強ロボのスイッチがオンになる時がきたのだ。

# 第5章　「高性能勉強ロボ」ができるまで

小学校に入って何回かテストが行われることで、宇治原は驚愕《きょうがく》の事実を目の当たりにすることになった。

それは、どの科目のテストでも同じだった。

どの科目のテストであれ宇治原にとっては「なめてんのか？」の問題がたくさんだされ、当然のように宇治原は１００点を取った。

嫌味でも何でもなく、宇治原にとってテストは１００点を取るためだけに行われる儀式だった。あたりまえの行為だった。宇治原いわく、「行ってきますと言って家をでて、ただいまと言って隣の家に帰るやつおらんやろ？」というぐらいのレベルだったようだ。

ただ、あたりまえのように周りには１００点を取る生徒もいれば90点を取る生徒もいたし、80点を取る生徒もいた。

そのことが宇治原は信じられなかった。

１００点ではなく、間違えることが。

（先生が授業でしゃべっていることが、そのまま紙に書いてるだけやのになぁ。なんでみんなちゃんと聞かへんのかな？　そら１００点取られへんやん）と宇治原は思っていた。

それは、宇治原の家の教育方針に表れていた。

小学生の時から宇治原の親は「勉強をしなさい」と言うかわりに口をすっぱくして言っていたセリフがあった。

「相手の話は目を見てしっかり聞きなさい」

だから、宇治原は学校でも先生の話を目を見てしっかり聞いた。

たとえ右手にウサギのぬいぐるみ、左手にカエルのぬいぐるみを持っていなくとも。

ただ小学校低学年ということもあり、手にぬいぐるみを持たないと、先生の話を聞かないことはなかったが、教室の窓から景色を眺めてる子や、ノートに落書きをする子もたくさんいるのが宇治原には信じられなかった。

あれだけ勉強ができるのに、それだけしか親に言われてないということが不思議だった僕は宇治原に聞いた。

「『相手の話は目を見てしっかり聞きなさい』のほかは何も言われてないの？」

宇治原が言った。

「特に言われてないなぁ」

それだけしか言われないのに、ここまで勉強ができた宇治原のことを相方ながらすごいと思った。親の教育方針ではなく、宇治原は生まれた時から賢いのだと思った。

少し考えて宇治原が言った。

「あ、強いて言えば、目が悪くなるからゲームは1日1時間まで。姿勢が悪くなるからお腹と机の間はこぶし一つ分あける。朝にゆっくりご飯を食べるために前日に次の日の授業の教科書を用意する。目が悪くなるからものさしで30センチ、教科書と顔の位置を測ってから勉強する。それぐらいやで」

僕は思った。

「え——‼　めちゃめちゃほかにも決まりごとあるがな！！！　厳しい決まりごとあるがな。ものさし使って顔と教科書の距離測るなんて聞いたことないわ！！！　しかも、全部ちゃんとやってたんかい！！！」

ただ、そう言ってる宇治原の顔があまりにも普通の顔で、「多いがな！！！」というつっこみを欲してる感じでもなかったので、僕は「あ――そうなんや」と言った。

やっぱりほかにも決まりごとはたくさんあったのだ。

しかも、宇治原は言われたことをしっかりやっていたようだった。

宇治原が文句も言わずしっかりとやった理由は、宇治原が友達から相方になってみてなんとなくわかった。

それは、親がちゃんと「何々だから何々しなさい」と教えていることだろう。どれだけ小さな子供でも「何々しなさい」と言うだけでは、どうしても反発してしまうからだ。

そのような環境で育ったので、宇治原は芸人になっても「何々だから」をほしがった。ネタ合わせをする時にでも「とりあえずやってみよう！！！」を頑《かたく》なに拒否した。

だから、ネタを作っている僕は、「何々だから」をなるべく説明するようにした。

「今のつっこみ、もう少し間《ま》をあけてからつっこもか？」

すると、いつも宇治原は「なんで？」と聞いてきた。

僕は内心（そのほうが受けると思うからや!!）と思いつつ、理由を説明した。

「お客さんがボケの意味を理解しないうちにつっこんでる時があるから、今のは少し間をあけて、お客さんに考える間を作ってからつっこんだほうがいいと思うねん」

と言うと宇治原は納得した。

ネタ作りに行き詰まり、あまりにも「なんで？」と言われると「そのほうが受けると思うからや！！！あと俺もそんなに自信ないわ。とりあえずやってみようや！！！」と言いたくなる時もあったが、我慢するようにした。

ただ僕も意識するので、自然に「何々」の説明が上手くなっていくのが自分でもわかった。

自分の子供や、相方に対して人は愛情を持っているので「何々だから」を説明する。

だけど、社会にでると「何々だから」を説明してくれることはまれだった。

特に僕たちのような新人の芸人に理由を説明する人はほとんどいなかった。

僕たちには「やる」か「やらない」の二つの選択肢しかなく「何々だからやる」や「何々だからやらない」の選択肢は存在しなかった。もっと言えば「やらない」の選択肢も存在しなかった。

「須磨海岸でふんどし一丁で、お金を拾う仕事があるけどやる？」

と聞かれることなどなく、

「須磨海岸でふんどし一丁で、お金を拾う仕事が入りました」

と言われるだけだ。

とにかく「やる」から「何々だからやる」と言える環境に行くには「やる」しかなかった。

それが現実だった。

そんな社会に飛び込むことを知らない宇治原は「何々だから」の意味をよく理解し、小学校高学年になる頃には生徒も先生も一目置く「優等生」になっていた。

とにかく先生からの信頼は絶大だった。

音楽会では特に楽器ができるわけでもないのに指揮者をやり、体育大会では「ほかの生徒に比べて、極端に線がまっすぐ引ける」という理由でグラウンドの線引きを任された。

同級生の家庭教師らしきことまで先生に頼まれたりした。

宇治原本人も自分が賢いことを自覚するようになり、より賢いことをするようになっていた。

そして、宇治原の子供時代の話を聞いて、高校の時に僕が頻繁に目撃した「ええかっこしい」が子供時代から行われていたことを知った。

「ミニ四駆の改造でのええかっこしい」

僕たちが小学校の高学年の時に流行っていた遊びにミニ四駆があった。ラジコンを小さくしたようなおもちゃで、小学生でも買える値段だし、種類もたくさんあるので大人気だった。またミニ四駆の特徴で、あれだけ流行った原因の一つが、改造できることだった。ただラジコンとは違い、自分で操作することはできないので、「いかにして速く走れるか?」だけを競うのだ。だから、ミニ四駆をどれだけ軽くすることができるかが勝負だった。改造のパーツもたくさん売っていて、ゴムではなく、スポンジでできているタイヤやプラスチックではなく、軽い素材でできたボディも売っていた。中には軽くするために、ミニ四駆の裏側をヤスリで削る子もいた。

そんな中、宇治原の改造は「ええかっこしい」だった。

ミニ四駆は単3電池2本で走るのだが、「ええかっこしい」の宇治原はそこに目を付けた。宇治原は「単3電池を2本入れるプラスチックの入れ物を少しだけ大きくして、単3電池を2本使う代わりに、単5電池を4本使う」といった改造をミニ四駆に施したのだ。

理科で習う事柄をちゃんと遊びに応用していたのだ。

宇治原が教えてくれた。

「それをすることにより、普段の2倍のスピードがでるねん。だから圧勝やったわ」


「読書感想文でのええかっこしい」

「ええかっこしい」の宇治原の小学校4年の時の夏休みの宿題に読書感想文がでた。

どんな本でもいいというわけではなく、お題が決められていたのだが、そのお題が「宮沢賢治」だった。宮沢賢治が書いた本の中でどれでもいいから選んで読み、その読書感想文を提出しなければならなかったのだ。ほとんどの生徒が宮沢賢治の有名な作品である『銀河鉄道の夜』や『風の又三郎』や『注文の多い料理店』などを選んで、読書感想文を書いた。

ただ「ええかっこしい」の宇治原はやはり違った。

読書感想文でも、持ち前の「ええかっこしい」をいかんなく発揮した。「ええかっこしい」の宇治原はみんなと同じことをするのを嫌がった。

宇治原が選んだ宮沢賢治の本は『グスコーブドリの伝記』だった。

大人になった僕でも知らない本を小学生の宇治原は読み、読書感想文を提出したのだ。

僕はこの話を宇治原から聞いた時に、高校時代の歴史の自由研究を思いだした。その自由研究は歴史上の人物なら誰でもよく、一人を選んで研究し、みんなの前で発表するのだ。

受験前ということもあってそんなに本気をだして調べている場合でもないし、みんなの前でしゃべるので、みんなが知っているような「織田信長」や「坂本龍馬」を選ぶ生徒がほとんどだった。

ただ「ええかっこしい」の宇治原は違った。

宇治原が選んだ人物は「西田幾多郎」だった。

教室中が凍りついたことは言うまでもなかった。

こうして宇治原はカラオケに行って、ミスチルやサザンの「有名な曲ではないがアルバムに入っていて、知っている人は知っている名曲」を歌う大人になった。

「雪が降った時のええかっこしい」

雪国に住んでいない小学生にとって、一年で一番テンションが上がる瞬間は「雪が降る」ことであることは間違いなかった。雪が降った次の日のテンションの上がりようは半端ではなかった。学校に着くまでに、雪だるまを作ったり、雪合戦をしたり、誰も足を踏み入れてない所を好んで歩いてみたり、体ごと飛び込んだりもした。だから、学校に着く頃には、服はビシャビシャになっていた。

ただ「ええかっこしい」の宇治原は違った。

学校に着くまでずっと、傘を差して歩いた。

「俺もみんなと一緒に、雪だるまを作ったり、雪合戦をしたりしながら、学校に行きたかったけど、服がビシャビシャになって先生に怒られるやん。それは俺の立場上でけへんかってん」

と宇治原がその時の気持ちを教えてくれた。

それを聞いて、僕は少しだけ宇治原がかわいそうになった。

服がビシャビシャになることができない宇治原が、雪が降った時に唯一できる遊びが、「誰も歩いていないまっさらな雪の上を歩く」ことだった。

宇治原は「誰も歩いていないまっさらな雪」を必死になって探した。
ただ、多くの子供たちがはしゃいだあとではまっさらな雪はあまり残っていなかった。
必死で探し、やっとまっさらな雪が続いているのを見つけた。
宇治原は誰にも見られないように笑みを浮かべ、そこに足を踏み入れた。
溝だった。
宇治原は溝に思いっきりはまった。
溝に腰まではまった。
一緒に登校していた同級生たちがざわめいた。
あたりまえだった。
なぜなら、あの優等生の宇治原が溝にはまっているからだ。
宇治原は考えた。
このままでは今まで積み上げてきた信頼と実績が一気に壊れてしまうと。
そして、宇治原は一つの結論をだし、実行に移した。
(いや!! いや!! 僕はもともと溝にはまりながら学校に行くつもりでしたが、何か?）という表情で、溝にはまったまま学校に行ったのだ。

クラスで一番、下半身がビチョビチョになった。


「鉄オニでのええかっこしい」

普通のオニごっこと基本的なルールは一緒だが、逃げてる人が鉄を触っている時にタッチしても相手をオニにできないのが、鉄オニのルールだった。僕の地元でも、鉄オニは流行っていたが、「鉄に見えるもの」なら大概がセーフだった。ただ、宇治原の地元では鉄かそうでないかの区別がしっかりとついていた。その区別をつけた人物がいた。

宇治原だ。

宇治原はその物体が鉄かそうでないかを瞬時に見抜いた。だから宇治原がオニになった時は大概の小学生がオニにタッチされた。

その時の会話はこんな感じだった。

宇治原「はい!!!　タッチ!!!」

小学生A「え――ちゃんと鉄持ってるやん!!!　鉄持ってたらオニはタッチで

けへんねんで！！！」

宇治原「それ、鉄ちゃうで。アルミやで」

小学生A「……え？　鉄やで」

宇治原「だから、鉄ちゃうで。アルミやで。鉄オニやろ？　アルミオニちゃうやろ？」

小学生A「……鉄とアルミって一緒やろ？」

宇治原（鼻で笑いながら）「全然違うで。鉄は磁石にひっつくけど、アルミはひっつかないで。あとほかの鉄とアルミの違いは……」

小学生A「もういいよ！！！　わかったから」

宇治原は本当のオニになった。

# 第6章　僕の小学校時代

そんな「高性能勉強ロボ」とはまったく違い、子供時代の僕は一言で言うと「チンピラ」だった。

1歳で目が悪くなり、2歳から「かけると目が大きく見えるメガネ」をかけていた僕は遊びも制限され、ストレスがたまっていたのか、3歳で「反抗期」になった。

話を聞けば聞くほど、「チンピラ」だった。

近くのスーパーで「チンピラ」ぶりをいかんなく発揮していた。

母親が少しでも目を離すと、勝手に一人でどこかに行ってしまうのだ。

母親が僕を発見するのは、大概が誰かの怒鳴り声だった。

「この子の親は誰や!!」

「私です!!!」

「この子、試供品のウインナーにつば吐いたんや!!!! どうすんねん!!!!」

「すいません。すべて買わせていただきます!!」

「この子の親は誰や！！！」

「私です！！！！」

「この子、後ろから急に頭叩いて来たんや！！！」

「すいません！！！　お怪我はなかったですか！！！」


そんな「チンピラ」だった子供時代を過ごしていた僕が、たくさんの経験をしたのは、転校だった。

僕の子供時代のほとんどは転校で彩られたと言っても過言ではなかった。

まず初めの転校は、小学校2年の時だった。

「東京に住むことになったからね」

母親が晩御飯の時に姉と僕に言った。

その時の僕はことの重大さもわからず、ただただ（へぇ。僕は東京に行くんや。東京でも友達ができるかな？）と思っていただけだった。

普通に旅行に行くような感覚だった。

友達と別れる感覚も一つもなかった。

東京と大阪の距離感があまりつかめず、すぐに帰ってこれるものだと思っていた。

もちろん、現実にはそんなことはなかった。

ただ、また転校があるとは思っていない僕は、小学校に行き、普通に友達も作り、親友もできた。

そして、小学校4年の2学期に母親に言われた。

「お父さんの転勤で、長野に行くからね」

ショックだった。

小学校2年の時とは違い、現実が少しはわかっているので、友達にも会えなくなることがわかっていたからだ。

仲の良かった友達に笑顔で言われた。

「いつでも会えるよ」

僕も笑顔で「そうやね」と答えたが、そんな簡単なことではないことはわかっていた。

父親の仕事に転勤が多いこともその時に初めて知った。

転勤を告げられたあとに、母親が言った。

「長野からまた、どこかはわからないけど転校するからね」

その時に僕は誓った。

（あまり仲の良い友達は作らないでおこう）

仲の良い友達と離れ離れになるのがあまりにもつら過ぎて、そう心に誓ったのだ。

転校したショックと同じように、ショックなのは長野に行くことだった。

大阪、東京と大都会で暮らしていた僕にとっては、長野の生活はあまりにも違った。

まず家が違った。

大阪ではマンションに住み、東京では2階建ての一軒家に住んでいたのだが、長野の家は平屋の一戸建てだった。

近所の家のほとんどが平屋だったのだが、「どうして平屋の一戸建てが多いのか？」は冬になってその意味がわかった。

尋常じゃないほどの雪が降るのだ。

大阪に住んでいた時に、雪が降って喜んでいた時が嘘みたいな悲惨な雪が降った。

長野県にとって、雪は遊びではなく「戦い」だった。

初めの冬は、初体験ということもあり、喜んで雪かきをしていたが、だんだんと「これをしなければ死ぬな」と自覚するようになった。事実、長野の冬に慣れてない僕の家は、ガレージが雪の重みで潰れ、車がペチャンコになったが、そんなことがないように、雪のはけが良い1階建てになっているのだ。

ほとんどの家が、玄関に鍵を掛けなかったが、それは不用心ということではなく、朝になると玄関が凍ってしまって開かないから、鍵を掛ける必要がなかったのだ。

その当時のテレビのニュースのほとんどが、「車のタイヤをスパイクタイヤにすると、道路のアスファルトが削れる」というニュースばかりだった。

近所の人の名前も、大阪、東京の時とは違い、「同じ苗字」が多かった。僕の近所には「赤穂さん」が8軒あったが、親戚一同が、近くに住むことが多いようだった。

文化も大阪、東京とはまったく違った。

大阪、東京とは違い、長野では夏休みよりも冬休みのほうが長かった。夏休みは2週間ぐらいしかないのだ。そのかわり大阪、東京時代にはなかった休みが、春と秋にあった。

「田植え休み」と「稲刈り休み」だ。

僕のような転勤族はまれで、長野にずっと住んでいる子がほとんどで、家の仕事も農家が多いので、その時には子供も農作業を手伝わないといけないのだ。畑を持っていない僕みたいな小学生は近所の家が所有する畑を耕しにいったりした。

そんな土地柄なので、近所のお祭りも全然違った。

大阪、東京のお祭りといえば、近所の子供や大人が集まって、盆踊りをしたり、ハッピを着てだんじりを曳《ひ》いたりするテンションの高いお祭りだった。

しかし、長野のお祭りは一言で言うとリアルだった。

お祭りの本来の目的をしっかりと実行にうつしていた。

引っ越しして間もなくのこと、近所でお祭りがあると聞き、僕は近所の子供たちとも仲良くなれると思い、聞いていた集合場所に向かった。

聞いていた時間どおりに行ったのだが、僕が想像していた「お祭りをする雰囲気」ではまったくなかった。

というのは大阪、東京のお祭りの時とは違い、屋台がでているわけではないし、盆踊りをする櫓《やぐら》が組まれていることもなかったし、お祭り特有のにぎわいがまったくと言っていいほどなかったのだ。

集合場所には真っ暗闇の中、火を灯《とも》した提灯《ちょうちん》を持った大人が数名と、子供たちがいるだけだった。

僕がその集団の中に加わると、提灯を持った大人が言った。

「じゃあ、行きましょう」

その大人がそう言うと、一斉に動きだした。どうやら僕が最後の参加者だったようだが、その割に人数が少なかった。

僕はここは一旦みんなが集まって、違う場所でお祭りをするものだと思い、同じ学校の子供に聞いた。

「いつからお祭りが始まるん？」

するとその子供が、不思議そうな顔で教えてくれた。

「もう、始まってるよ」

背筋が凍った。

どうやらお祭りは始まっているようだった。ただ、僕の思っているお祭りではなかった。

なぜならただただ歩いているだけだからだ。

僕の今までの概念では、これは遠足に分類された。

僕はもう一度その子供に聞いた。

「え？　これお祭りなん？　歩いていくだけなん？」

すると、その子供が教えてくれた。

「今から家をまわっていくよ」

僕は思った。

（どういうことやろ？　まだお祭りに来る人の数が少ないから、誘いにいくんかな？）

そんなことを考えていると、1軒目の家に到着した。

提灯を持った大人が玄関のインターホンを押すと、中から人がでてきた。

僕は思った。

（やっぱりそうや。お祭りの人数が少ないから誘いにきたんや）

すると、その提灯を持った大人が頭を下げて言った。

「何かいただけませんか？」

一瞬何を言っているのか、意味がわからなかった。ただ、確かに「何かいただけませんか？」と言っていた。

するとその家の人は一度家に戻り、おもちを持って現れた。

大人たちが一斉に頭を下げた。

「ありがとうございます！！！」

そして、おもちをくれた家の家族が僕たちの集団に合流した。

次の家に行っても同じように提灯を持った大人が、「何かいただけませんか？」と言って、おもちをくれた家族がまたお祭りに参加した。

そんなことを2時間ばかり繰り返した。

そして……ついに僕の家の番がやってきた。

僕は心配だった。なぜなら、うちの家族はこのお祭りのノリを知らないからだ。

家のインターホンを押すと、母親がでてきた。

何度も繰り返していたように、提灯を持った大人が言った。

「何かいただけませんか？」

僕は心の中で祈った。（頼む！！！　おもちをあげてくれ！！！）

母親を見た。

母親は露骨に嫌そうな顔をしていた。

母親が素直な質問をした。

「なんでですか？」

提灯を持った大人のほうは、知り合いの家で「トイレ貸してもらえます？」と言ったら「なんでですか？」と言われたような顔をしていた。

「いや……そういうお祭りでして」

母親がなんとか対応した。

「何がいいんですか？」

提灯を持った大人が「もらうもの」を指定した。

「できればおもちのような保存食がいいんですけど」

母親が言った。

「おもちはないですよ。正月やないんやから。日持ちするやつがいいの？」

そう言って母親は家の奥に入っていった。

「これ。密封してるから日持ちすると思うよ」

母親はそう言って「さけるチーズ」を5個ほど渡した。

母親がビールを飲む時に、つまみで食べているチーズだった。

そして僕を見つけ、叫んだ。

「危ないから早く帰っておいでや！！！」

このお祭りの名前を近所の子供に教えてもらった。

そのお祭りの名は「サンクロウ祭り」。

どうやらサンクロウさんとは僕の近所の昔の地主だったらしかった。

結局、具体的にどんなことをするお祭りかというと「近所を一軒一軒まわって、保存食を頂く」というお祭りだった。

それをサンクロウさんに奉納する祭りなのだ。

サンクロウさんに大量のおもちと「さけるチーズ」を5個ほど奉納するのだ。

そして、出発した時よりも大群になった集団は広場に集まり、火をたきだした。

僕はここからが、さすがにお祭りの本番なのだと思い、近所の子供に尋ねた。

「今から何すんの？　盆踊りみたいな感じで踊るんかな？　それやったらこの辺りの踊り知らんから教えてな!!」

そうではなかった。その子供がこれから行う真実を教えてくれた。

「今から、今日もらったおもちを焼いて食べるよ」

屈託のない笑顔で言われた。

無言でおもちを食べた。誰も何も声を発することはなかった。

おもちがなくなった。

「さけるチーズ」は残っていた。

こうして、サンクロウ祭りは終わりを告げた。

こんなサンクロウ祭りよりも、小学生の僕にとってさらに嫌だったのはテレビだった。

大阪、東京にいた時には、あたりまえのようにテレビを見ていたが、その当時の長野は大阪、東京とは違った。

チャンネル数が少ないのだ。NHKを除いて、民放は2局しかなかった。

しかも大阪、東京に比べて放送がかなり遅れていた。

僕は『聖闘士星矢《セイントセイヤ》』というアニメが好きで、東京ではよく見ていた。

『聖闘士星矢』は主人公の星矢が、日本からギリシャに修行に行き、「ブロンズクロス」と言われる鎧《よろい》を手にいれるのだ。その「ブロンズクロス」と言われる銅の鎧みたいなやつを着て、必殺技を駆使して敵をやっつけるのだが、大好きで毎週楽しみにしていた。

東京では「シルバークロス」という、「ブロンズクロス」を着たセイントよりも強いクロスを着た敵を倒し、そんな「シルバークロス」を着た敵よりも強い「ゴールドクロス」を着た敵の一人と戦っている途中だった。

楽しみにして、長野のテレビをつけた。

星矢がまだ日本にいた。『ブロンズクロス』を手に入れるぞ!!」と息巻いていた。

そんな状態の星矢を応援する小学生は長野にはおらず、あたりまえのように人気がなかった。というか『聖闘士星矢』を知っている小学生は、長野にはまだいなかった。

東京にいた時は、『聖闘士星矢』の消しゴムが流行っていたのだが、長野では持っている小学生はいなかった。その消しゴムはいわゆるキン肉マン消しゴムと同じようなやつなのだが、少し進歩していて、星矢の消しゴムの肩や腰にくぼみがあって、そこにクロスをはめ込めるようになっていたのだ。

その消しゴムの代わりに、長野の小学生の間で流行っていた消しゴムがあった。

それは「武田信玄消しゴム」だった。

その当時の長野では空前の武田信玄ブームだった。というのはNHKの大河ドラマで『武田信玄』が放送され、その舞台ともなっている長野ではものすごい盛り上がりだったのだ。そのブームに乗っかりできたのが、武田信玄消しゴムだった。

ほとんどのクラスの同級生の男子が武田信玄消しゴムを持っていた。

その消しゴム本体も、『聖闘士星矢』と同じように肩や腰にくぼみがあり、そこに『聖闘士星矢』の時のような「ブロンズクロス」をはめ込むのではなく、戦国武将の鎧をはめ込むのだ。

兜《かぶと》にもくぼみがあって、そこには家紋もはめ込めるようになっていた。

消しゴム自体もリアルな作りだった。大河ドラマにでてくる俳優さんがそのまま消しゴムになっているのだ。だから小学生のほとんどが、主人公である中井貴一さんの武田信玄消しゴムを持っていた。ほかには菅原文太さんやら、いろいろなリアルな俳優さんの消しゴムで遊んでいた。

初めはそんな生活の変化に戸惑いもあったが、一年も住むとその生活に溶け込んだ。

スパイクタイヤよりもスタッドレスタイヤを履いたほうがいいこともわかった。

長野の小学生は大阪や東京のスケート場で貸してくれるようなフィギュアスケート

で滑るのではなく、プロが履くようなスピードスケートでスケートをすることも知った。

「武田信玄消しゴム」を大量に集めて、友達と「川中島の戦い」をした。

8軒の赤穂さんの違いもわかった。

サンクロウ祭りだけは理解できなかった。

そして……長野にお別れする時が来た。

小学校を卒業し、中学受験を無事終えた春休みのある日、母親に言われた。

「中学の1学期が終わったら、大阪に行くからね」

ついにやってきた。

長野に住んで2年ほどが経っていたので、もうそろそろかな？という気持ちはあった。

こうして僕は「1学期で転校する」ことを知っていながら、中学に入学した。

その事実は、僕の家族と担任の先生しか知らなかったので、友達はこれから3年間ずっと一緒にいるかのように仲良く接してくれた。

僕は今までの経験上から「あまり仲良くならないでおこう」と決めていた。

別れるのがつらいからだ。

ただ……やっぱりそんなことは無理だった。

「もっと仲良くなりたい気持ち」と「これ以上仲良くなってはいけない気持ち」のせめぎ合いだった。

そして……「もっと仲良くなりたい気持ち」が勝ってしまった。

そして……「あ――、こりゃ別れる時はつらいやろなぁ」と自覚するようになった。

転校するということがばれて、特別扱いされることが嫌だった僕は、1学期の終業式に転校することを先生に言ってもらった。

教室中がざわめいた。

僕はなんとか涙をこらえ、みんなの前で挨拶をした。

泣いてくれる子もいたし、なぜもっと早く言わないのかと怒ってくれる子もいた。

僕は心から思った。

(みんなと仲良くなれてよかった)

その日の夜、落ち込んでいる僕を見かねた母親からもう転校をしないと聞いた僕は、もう一つ心に決めていた。

（親友を作ろう）

そして、大阪に引っ越しをした。

大阪の中学の編入テストは形だけのものだった。

というのは同じ国立の中学とはいえ、長野と大阪では授業の進むスピードがまったく違ったのだ。

ほとんど習っていないことばかりのテストが行われた。

僕は正直にテストを見守ってくれている先生に言った。

「これ、まだ習ってないんですけど」

すると先生は「ほんま？　ほんなら解答欄に『習ってません』と書いといて」

こうしてほとんどの科目の解答欄に「習っていません」と書いて、僕は大阪の国立中学に転入することができた。

転入する前に、僕はクラスの集合写真を見せてもらった。クラスに入る前に、少しでも顔と名前を覚えようと思ったのだ。

写真を見て、（覚えられない）と思った。

というのはクラスの8割以上がメガネをかけていた。カメラのフラッシュでほとんどの顔が光っていた。

どの顔も認識できなかった。

みんな、とんでもなく頭が良さそうだった。

僕は不安にかられ、母親に言った。

「こんなメガネばっかりかけてるクラスに入りたないわ」

台所で料理を作りながら母親が言った。

「あんたもメガネかけてるやん」

なんとなく自信がついた。

転入してすぐにテストが行われた。長野のテストとまったく違ったのが、テストが無監督制だったことだ。

プリントを配ると先生は教室からでて行き、テストが終わる頃になるとまた戻ってくるのだ。

中高6年間それは変わらなかったのだが、たまに先生が釘《くぎ》をさす発言をした。

「カンニングしてもいいですし、ノートや教科書を机に置いてやっても構いません。

ただ一つ、大学入試ではそれができないということをわかっておいてください」

そう言われると、誰もカンニングをしようとはしなかった。

本当に真面目でやさしい生徒ばかりだった。

僕が中学の途中から編入して驚いた生徒がいた。

その生徒は勉強はできるのだが、「思っていることをなんでも口にだす」癖がある生徒だった。

例えばその生徒が休み時間に「誰だれが誰だれのことを好きだ」という情報を聞きつけると、授業中にそれを言ってしまうのだ。

急に「〇〇君は××さんのことが好きやねん」と大声で言いだすのだ。

初めは僕もびっくりした。しかも周りが無反応なので、僕の空耳かと思った。

もちろんそうではないのだが、暗黙の了解で周りはそれを聞こえていないこととしていたのだ。

一度その生徒と麻雀《マージャン》をしたことがあった。その生徒はリーチをかけると自分の欲しい牌《パイ》を口にだして言った。

「白《ハク》来い。白が来たら嬉しいな。白来ないかな？」

そう言われると、白をだす以外なかった。

だからその生徒と麻雀をして、誰も勝ったことはなかった。

テストの時は困った。

答えに文章を書くような問題の時はいいのだが、簡単に答えられる化学反応の色を答える問題がでると、その生徒はテスト中に答えを言ってしまうのだ。

「赤。青。赤。わからん。黄色。わからん」

その生徒は1問目から、ずっと答えを言っていった。

ただ、みんな「大学受験ではその生徒はいない」ことをわかっているので、誰も聞いていなかった。

そんな真面目でやさしい生徒ばかりだったが、特に仲が良くなる友達はできなかった。

そして中学を卒業し、そのまま同じメンバーで高校に上がった。

僕は高校入試を受けて外部から入ってくる20人にかけていた。

その中から仲の良い友達ができたらいいなと思っていた。

そして……宇治原に出会った。

# 幻冬舎文庫 6月の新刊

幻冬舎文庫は
毎月10日ごろ発売！

## 明日の夕餉
居酒屋お夏　春夏秋冬

岡本さとる

**幸せな団欒に不穏な波風が!?**

足袋職人の弥兵衛は人も羨む隠居暮らしを送っていた。だが、最愛の娘の久々の訪問が彼の心を乱してしまう。お夏は弥兵衛の胸の内に溜まった灰汁を取ることができるか？　大人気シリーズ第七弾。

書き下ろし

715円

## 小梅のとっちめ灸
(三)針売りの女

金子成人

恋仲だった清七はなぜ死んだ？　真相を探る灸師の小梅に、彼女が助けたある男が意外な話を告げる。一方、因縁のある土地で出逢った針売りの女の姿に小梅は瞠目し……。人気シリーズ第三弾！

書き下ろし

759円

## 剣の約束
はぐれ武士・松永九郎兵衛

小杉健治

**人でなししか殺さない――。どこまで信念を貫けるのか？**

御前崎藩の江戸家老の命を守ったことを契機に、藩に近づいた九郎兵衛。目にしたのは藩主の座を巡って十年以上続く血みどろの争いだった……。剣豪が江戸の悪党どもを斬る傑作時代ミステリー！

書き下ろし

847円

## 梔子《くちなし》の木　小烏神社奇譚
篠 綾子

**美しい少年が振りまくのは、救いか、それとも絶望か。**

江戸に急増する不眠と悪夢。医者の泰山は、美しい少年が患者にお札を配り歩いているという噂を聞きつける。竜晴はその少年を探そうとするが、数日後、泰山が行方不明となり……。シリーズ第七弾！

書き下ろし

803円

## 江戸美人捕物帳　入舟長屋のおみわ　隣人の影
山本巧次

焼物商を介し、お美羽の長屋に畳職人が入った。職を偽っており、お美羽が調べると本当は茶人だった。不信感が募る中、今度は焼物商が亡くなり、茶人は失踪する。

書き下ろし

847円

## 京大少年
よしもと文庫　菅 広文

**本当に「賢い」人の頭の使い方!?**

ロザン・菅が、「IQ芸人・宇治原ができるまで」を描いた爆笑小説。本当の「賢い」は、「ただ勉強ができる」とは違う。「知識」より「知恵」が大事——な

660円

**7月6日(木)発売予定！**

## 神奈川県警「ヲタク」担当　細川春菜5　鎮魂のランナバウト
鳴神響一

自動車評論家殺人事件の捜査を支援する細川春菜が、「旧車ヲタク」から聞き出した事件解決の手がかりとはいったい……？

## リボルバー
原田マハ

パリのオークション会社に勤める高遠冴の下にある日、錆びついたリボルバーが持ち込まれた。「ゴッホの死」、アート史上最大の謎に迫る傑作。

## [新装版]嫌われ松子の一生(上・下)
山田宗樹

中学教師だった松子はある事件を機に故郷から失踪する。それが彼女の転落人生の始まりだった。希代の傑作、装いを新たに再刊行！

表示の価格はすべて税込価格です。

幻冬舎　〒151-0051 東京都渋谷区千駄ヶ谷4-9-7 Tel.03-5411-6222 Fax.03-5411-6233
幻冬舎ホームページアドレス　https://www.gentosha.co.jp/

# 第7章　宇治原包囲網と卒業文集

中学に上がった宇治原はテストのコツも摑《つか》み、小学校時代と同じように「先生の話を目を見て聞く」を実行して、ほとんどの教科で100点を取った。

小学校の時には漠然と「先生の話を目を見て聞く」を行っていたが、中学になってその行為のメリットがわかるようになった。

まず、先生もこちらを見る確率が上がるのだ。

先生もクラスのみんなを平等に見ようとするが、どうしても目を見てくる生徒に向かって話をしてしまうのだ。

すると、1対1で授業を受けている感覚になるのだ。

あと「ここが重要だ」というのが先生の顔にでるらしかった。

だから、授業のポイントがよくわかったのだ。

そして一番大事なのが、「勉強をするようになる」ことだった。

先生の目を見て授業を受けると、おのずと先生に当てられるようになるのだ。

だから当てられて困らないように、「勉強するようになる」のだ。

そんな宇治原が大人になって、初めて母親に聞いた話によると、宇治原の中学の先生が会議で集まって、一つのお題を話しあったらしかった。

そのお題が「いかにして宇治原に100点を取らせないか？」だった。

「宇治原包囲網」が作られたのだ。

宇治原はその包囲網をなんなくかいくぐり、小学校よりも難しくなっている中学のテストで、中学3年間の最低点は97点だった。

そんな宇治原にも「周りを気にする変化」が訪れた。

僕の中学時代にも、授業中に手紙をまわす行為が流行った。

先生の目を盗んでは仲の良い友達に手紙をまわす行為はスリルがあって、とても楽しかった。だが「先生の話を目を見て聞く」を実行していた宇治原にとって、その行為は愚の骨頂としか思えなかった。

ただ、宇治原も思春期だった。

クラスの女の子に嫌われたくはなかった。

手紙をまわさないノリの悪いやつと思われたくなかった。

でも、授業はちゃんと聞いておきたかった。

結局、宇治原は「先生の目を見ながら、手紙をまわす」という行為にでた。

この行為が裏目にでた。

宇治原が先生を見るということは、先生も宇治原を見る確率が上がるということだからだ。

思春期の宇治原には、その簡単な計算ができなかった。

宇治原の所で大概手紙が見つかった。

誰も宇治原に手紙をまわさなくなった。

小学校はサッカー部で、高校はバスケ部だった宇治原だが、中学では陸上部に所属していた。

僕はその話を聞いた時に、宇治原のことだからそこに完璧な理論があるのだろうと思った。

僕が考えた理論は「中学時代に基礎体力をつける」ということだった。

どんなスポーツをするにしても、体力は必要だし、それを陸上競技で鍛えるために陸上部に入ったのだと思った。

全然違った。

宇治原が答えを教えてくれた。

「サッカー部とバスケ部って不良おるやろ？　怖いやん。だから、3年に姉ちゃんがおる陸上部に入ってん」

ただのヘタレだった。

そんなヘタレで人見知りをする宇治原は、中学3年の初めに広島から大阪に転入するのだが、友達がまったくできなかった。

ただ、そんな宇治原を救ってくれたのも勉強だった。

3年の5月ぐらいにある有名な塾の模擬試験があった。そこで宇治原は成績優秀者だけが載る冊子に学校で1人だけ載ったのだ。

それに気づいた同じクラスの生徒が話しかけてくれて、初めて友達ができた。

結局、宇治原は3年生の1年間、中間、期末、実力テストとすべてのテストで学年で1位を取った。

そして中学を卒業し、僕と同じ高校に入学した。

芸人になって初めて聞いたのだが、高校に入った当初の宇治原は本気で高校を辞めようと思っていたらしかった。

親に転校の手続きをお願いしていたくらいだった。

真面目でやさしい部分が、公立の中学で過ごした宇治原にはただ単に「幼く」感じられたのだ。

僕も4月頃は宇治原としゃべったこともなく、ひょろっとしていて、髪型が角ガリだったので、「あーマラソンが速そうだな」と思っていたぐらいだった。

一方の宇治原も僕のことを、「一つ上の先輩」だと思っていたみたいだった。

というのは、高校に上がり2人ともバスケ部に入ったのだが、僕はクラブに行ったり行かなかったりしていた。しかも、バスケをする服装がスポーツをするためのTシャツに短パン姿のほかの1年と違って、街に繰りだすような普通のTシャツに下は学生服で、たまにしか練習に参加していなかったからだった。だから、宇治原は僕のことを「たまにクラブに参加する、一つ上のエース的存在」と思っていたのだ。

僕は「めちゃくちゃ下手な1年」なのに。

それから、7月のクラブの夏合宿が行われた後ぐらいから仲良くなった。

中学からほとんど同じメンバーということもあり、僕は高校3年間を通じて、宇治原以外とも話をしたが、宇治原は本当に僕としかしゃべらなかった。

そして、驚異的なほど「うっとうしい」卒業文集を残して、卒業していった。

タイトルが『愚痴』だった。

タイトルの中で一番ひどい漢字2文字だった。


『愚　痴』


3年前入学した時から学校の雰囲気にまったくなじめず、最初の1ヵ月ぐらいは学校をやめたいと思い続けていた。

学校に行ってからも自分から人に話しかけることもなく、ただ授業に出るだけの生活が続いた。

そんな学校生活を変えたのはクラブだった。学校に行くのはただバスケがやりたいからでそれ以外に理由はなかった。

〈中略〉

修学旅行について
この「学年の優秀さを認めて」自由行動を増やすことを認めたという先生の言葉だ

が、この学年が特に優秀だとは思えない。

あえて言うなら「面倒をおこさない教師にとって楽な」学年だろう。

惰性の最大の問題点は、惰性であろうが動いている限り、特に注意されないことだ。言われれば面倒をおこすのは嫌だから言われるようにする。

だが、そこには思考のかけらも見当たらない。

だから、特に注意されることもなく、面倒もおこさないのなら義務も果たさない。

それは、自治会の選挙の投票率を見れば明らかだ。

あれだけ話し合われた2足制「学校内土足禁止」も言われなければ守らない。

先生に言われると黙って履き替える。考えることもなく生活を送り、面倒をおこさずに惰性ですごすことにいったいどれだけの意味があるのだろうか?

生徒の側ではなく、学校も考え直すことがあるだろう。

ここに書いたことは、他人に言うだけではなく、自分にも忠告するために書いている。

また、もちろん全員に当てはまるのではないので、読んで反感を持った人もいるだろう。

最後に、反感を持った人や考え直した人より、無関心の人のほうがより危険だろうと言いたい。

驚くべき「上から目線」だった。

ただもっと驚くべき事実は、卒業した直後にこの文章を読んだ時には、なんの「違和感」もなかったことだ。

宇治原らしい文章だなぁと思っていたぐらいだった。

芸人になって、卒業文集を読み返して初めて「なんてこと書いてんねん!!」と思ったのだ。

そんなふうに周りをいじっていた宇治原が、まさか芸人になり、いじられることになるとは、宇治原も僕も思ってもみなかった。

# 第8章　「高学歴コンビ」の仕事

コンビを組んで4年ほど経つと、ある程度「高学歴コンビ」として認知されるようになった。

仕事も頂けるようになったのだが、クイズや番組コメンテーターなどの仕事ではなく、いわゆる「体を張る」仕事が大半だった。

というのは若手芸人ということもあるが、関西の土壌がそうさせたのだ。

関西では「賢い人に賢いことをさせる」のではなく「賢い人にアホなことをさせる」文化があったからだ。

「ハンコを1000人に配る」という企画があった。

街行く人に声をかけ、名前を聞いてその名前のハンコを僕たちが持っていたら、ハンコを渡す。そして、その違う名前のハンコを1000個配り終えるまでやる企画だった。

初めは田中や鈴木などのよくある名前がでてくるのでどんどん配れるが、そのうち同じ名前のダブりも多くなり、僕たちの持っているハンコも南雲《なぐも》などの珍しい名前が残り、結局、寝ずに46時間ぶっ通しでロケをした。

『ヒマだからドキュメント』という番組のサブタイトルがついていて、暇な若手芸人が時間を掛けてロケをする番組だった。

テレビにでることの大変さを実感した。

正直、これが毎回続くのならテレビにでなくてもいいと思ったくらいしんどかった。しかも二人だけでロケをするのが初めてで、どうやったらいいのかもわからず、ディレクターに「演出」をされた。

「盛り上がりにかけるから二人で喧嘩してみて」

どのような喧嘩かというと、ハンコ屋さんの前に置いている「ハンコを入れる箱」を押しながらロケをしていたので、それを「俺ばっかり押しているから、おまえもちゃんと押してくれ」という喧嘩をしてみろとディレクターが提案してきたのだ。

ただ、今まで喧嘩という喧嘩を二人でしたことのない僕たちの喧嘩は最低だった。

宇治原（ヘラヘラしながら）「おまえ、ちゃんと押せや！」

菅（ヘラヘラしながら）「おまえこそ、ちゃんと押せや！」

宇治原（演技が下手なことが恥ずかしくなって、もっとヘラヘラしながら）「俺は押してるわ」

菅（演技が下手なことが恥ずかしくなって、もっとヘラヘラしながら）「俺も押してるわ」

ディレクター（キレる）「ヘラヘラすな！！！」

こうして、喧嘩をする演出はお蔵入りになった。

この番組では『走れメロス』を歩きながら、かまずに最後まで読めるか？」というロケもあった。

梅田から始めて、難波のほうに歩いて行き、二人で交代に走れメロスを読むのだ。かまずに読めたら、どこでも終了だったが、結局梅田から堺まで歩いた。

このロケで死ぬことはなかったが、（死んでもおかしくないやろ？）と思うロケもあった。

違う番組だが東尋坊《とうじんぼう》から飛び込むロケだった。

東尋坊とは福井県にある断崖絶壁で、自殺の名所である。

だから、簡単に言うと「死ね」というロケだった。

東尋坊は観光名所としても有名で、人も多く海には遊覧船が運航していた。

東尋坊に着くと、その遊覧船からガイドさんがしゃべっているアナウンスが聞こえてきた。

「この東尋坊は自殺の名所としても有名で、去年の自殺者は10人、今年はちょっと多くて13人!!」と叫んでいた。

(仕事とはいえ、なんて不謹慎な人だろう）と思った。

そして、いよいよ飛び込むことになった。

僕と宇治原が一つずつロケがあり、今回飛び込むのは宇治原と決まっていた。

修行でも使われる所なのだが、今まで何回か飛んだことのある修行僧の人に説明を受けた。

「だいたいここから15メートルぐらいあるんですが、下を見てもらっていいですか？」

僕と宇治原は言われたとおりに下を見た。

そこには、でっぱった岩が左右に二つほどでていた。

ぶつかったら大怪我をするかもしれない。

ただ、もちろん修行僧は何回か飛び込んだことがあるので、何か秘訣《ひけつ》があるに違いなかった。

しかし、その修行僧がとんでもない提案をした。

「ここからまっすぐ飛ぶと初めにでている岩は大丈夫なんですが、次の岩に確実にぶつかってしまいます。何人かあごが折れた人がいます。だから初めの岩を越えたと思ったら少し体を空中でずらしてください。できますか？」

僕はとっさに「できるか!!」と言おうと思ったが、宇治原が真顔で言った。

「はい、できます」

宇治原は「空中で体を動かす」ことを簡単に受け入れた。

あまりにも簡単に受け入れた。

もしかしたら、府大では習わないが、京大の法学部では「空中で体を動かす」ことを習っているのか？　と疑問に思うほど簡単に受け入れた。

修行僧が少しキレ気味で言った。

今までの修行を馬鹿にされた気分になったのだと思った。

「ほんまに危ないですからねぇ。あごが折れたり、足が折れたりしたらあれなんで、もう少し低い所からやりましょうか？」

宇治原が言った。

「いえ、やります」

そして、宇治原は修行僧と同じ服に着替え、水中カメラを持って飛び込む準備をした。

水中カメラは飛ぶ瞬間と水に入ってからの様子を撮りたいので、持ちながら飛ばなくてはいけなかった。

しかも、飛んでる時に水中カメラを手から離してしまわないように、ガムテープでぐるぐる巻きにされていた。

ディレクターがボートに乗り、下で待ちかまえていた。

一応、タイムリミットが用意されていた。

30分だ。

30分以内に、怖くなって飛べなければこのロケは中止にすると前もって決めていた。

修行僧が「飛べなければいいのに」という顔で宇治原を見ていた。

僕は笑顔で宇治原に言った。

「今までありがとう」

宇治原が言った。

「いや！！ 死ねへん！！！」

そんな軽ぐちを言いながら僕は思っていた。

（本当に大丈夫かな？ 何人も怪我したみたいやし。ほんまに無理やったらやめたほうがいいとちゃうかな？ そうやな。ここは俺がディレクターに言ってやめさせてもら……飛んだ！！！）

飛んだ。

宇治原が飛んだ。
2、3分で飛んだ。
宇治原がみるみる小さくなっていった。

少しだけ空中で体を動かしていた。

「ドボーン！！！」とものすごい音がした。

少し経って、宇治原が浮かび上がっていた。

修行僧が半笑いになっていた。

宇治原は泳いで、下で待機していたディレクターが乗っているボートに近づいていった。

ディレクターが真っ先に宇治原の手から必死になってガムテープをはがし、水中カメラを確保した。

1番・水中カメラ、2番・宇治原、の順でボートに乗り込んだ。

あとから聞いた話によると、宇治原には保険金が掛けられていた。

それほど危険なロケだったのだと、その時に実感した。

しかも、保険金の受取手が「吉本興業」になっていた。

危険な会社に入ったと思った。

そんな宇治原のロケに比べると、僕のロケは命がけではなかった。

僕のロケはダチョウに乗るという内容だった。

正直、僕はこのロケを楽しみにしていた。

僕のイメージでは、昔CMで清潔感あふれる女の子がダチョウに乗って走りまわっているのを見た記憶があったので、ダチョウに乗るのは簡単で楽しいものだと思っていた。

現実はそうではなかった。

まず、首を持って走ることができないのだ。

僕は自分のイメージで、まずダチョウの首を掴んだ。

ダチョウの首はふにゃふにゃだった。

とても持って走れる状態の首ではなかった。

ダチョウの飼育係の人が教えてくれた。

「ダチョウは首なんか持っても走られへんよ。ここ持つねん」

そう言うと、ダチョウの飼育係の人はダチョウの羽を持ちあげた。

そして、おもむろに中に手をつっこんだ。

「ここ！！　ここに持つ所があるから」

僕も恐る恐る中に手をつっこんだ。

すると、車の扉のレバーみたいな軟骨があった。

少し濡れていた。

僕はダチョウの首ではなく、羽を持ちあげた所にある、車の扉のレバーみたいなのを持って、走った。

2秒で落ちた。

一つも楽しくなく、「大変やなぁ」という芸人独特のおいしさもなかった。

もっとおいしくないロケもあった。

それは「乾燥機に入ってグルグルまわされている中に爆竹を入れる」というロケだった。

そういった過酷なロケをいっぱいしたことのある先輩に話を聞くと「乾燥機に入ってグルグルまわされる」というのが一番過酷だったらしい。

それを超えるために、乾燥機に入ってグルグルまわされている中に爆竹を入れたのだ。

二人でそのロケをすることになった。

役割分担は宇治原が乾燥機に入って、僕がその中に爆竹を入れた。

僕が爆竹を入れて、1分ほどで宇治原が乾燥機からでてきた。

ロケのために張り切っておしゃれしてきた宇治原の私服が焦げていた。

ただ、ロケとしては大成功だった。

それはそれは、上手に爆竹を入れることができた。

宇治原も上手に乾燥機の中でまわっていた。

それから1週間後に、意気揚々と僕たちはスタジオに乗り込んだ。

それぞれの芸人がロケをしたVTRをスタジオで見ることになっていたのだ。

楽屋に行くと、ディレクターが申し訳なさそうに待ち構えていた。

「ごめん。あれ放送でけへんわ」

「え？　なんでですか？」

意味がわからなかった。

焦げた所をスタジオで見せるために、もう一度あの時の私服を着てきた宇治原が言った。

「子供が真似したらどうすんねんって上にめっちゃ怒られてん。だから無理やわ」

こうしてそのロケのVTRはお蔵入りになった。

スタジオで収録が始まった。

宇治原は焦げた私服を着ていた。

あのVTRを見ていないスタジオのお客さんが、宇治原のことを「服を粗末に扱う人」として見ていた。

宇治原はそんな不幸？　な目によくあった。

ある番組で有名な占い師の方に、二人の運勢を占ってもらう企画があった。

僕はものすごく楽しみにしていた。

というのはその占い師は言葉は厳しいが、占いがすごく当たることで有名だった。

まずは僕の占いが始まった。

前もって僕の生年月日を書いて渡しているので、それを見ながらと、僕の顔つきで判断して占ってくれるのだ。

その占い師が口を開いた。

「あなた、今年は年末に週刊誌に気をつけなさい。女性関係で撮られるかもしれないわよ」

まったくそんな気配はなかったが、週刊誌に撮られるというのはなんだか嬉しかった。

まったく無名の芸人の写真は撮らないはずだし、年末までに少しでも知名度があがるのかもと思ったからだ。

そして、宇治原の占いが始まった。
占い師が、宇治原の生年月日と宇治原を見比べていた。
宇治原は緊張しながらも占い師の言葉を待っていた。
沈黙が続いた。
そして、ついに占い師が重い口を開いた。
「あんた、薄汚い」
占いが終わった。
宇治原の顔を見れなかった。
宇治原がか細い声で、
「占ってないやん」
と言った。
そんな不幸？　が多々あった。
吉本の若手芸人でシールを作ることになった。
昔流行ったビックリマンチョコみたいなやつで、チョコレートと一緒にシールが入っているのだ。

それぞれ架空のキャラクターになっていた。

僕のシールはありがたいことに「菅ちゃん王子」だった。

僕をアニメ化したようなキャラクターで、頭に王冠をかぶっていた。

宇治原のシールを見せてもらった。

宇治原のキャラクターは「ウージーゲージー」だった。

宇治原をアニメ化したようなキャラクターで、顔の下にゲジゲジ虫がついていた。

とても似合っていた。

昔、ビックリマンチョコは社会問題になった。

というのは、子供がシール欲しさに大量にビックリマンチョコを買い占め、チョコレートだけをコンビニのゴミ箱に捨ててしまうのだ。

宇治原はそれの逆の現象を起こした。

コンビニのゴミ箱の表に、大量のウージーゲージーが貼られていた。

まるで、ゴミ箱からウージーゲージーの卵がかえったかのようだった。

そんな宇治原だが「シールを捨てられない」チャンスが訪れた。

ドラマにでられることになったのだ。

僕もでたのだが、宇治原にはとんでもない長いセリフがあった。

恋愛ドラマで、主人公の男の子が失恋した時に、友達の宇治原が公園のブランコに座りながら慰めるシーンだった。

本番が始まった。

15秒ほどアップになるので、メイクさんも丁寧に汗を拭いたり、メイクを直したりしていた。

宇治原は持ち前の記憶力で完璧にセリフを覚え、一発でオッケーをだした。

僕は（こういった形であれ、宇治原の記憶力が発揮できてよかった）と思った。

そして、楽しみにしていたオンエアが始まった。

僕がでてくるシーンも無事終わり、いよいよ宇治原の長いセリフのシーンが始まった。

相方の僕が見ても、なかなか良い芝居だった。

そして、ついに宇治原のアップになった。

同時にニュース速報が流れた。

宇治原のおでこにニュース速報が流れた。

宇治原のおでこに「殺人犯逮捕」と書いてあった。

宇治原のアップが終わるのと同時にニュース速報も終わった。

シールはまだコンビニのゴミ箱に貼られたままだった。

そして、宇治原は頭の良さではなく、顔をいじられるようになってきた。

目がくぼんでいる。

ガチャピンに似ている。

セサミストリートのビッグバードに似ている。

死んだ鳥に似ている。

高校時代の宇治原に「目がくぼんでいる」ともし言ったとしたら「はぁ？」とキレていたに違いなかった。

芸人になって宇治原は変わった。

劇的に変わった。

「目がくぼんでいる」と言われて、ちゃんと「奥目や!!」と言えるようになったのだ。

二人ともある程度芸人らしくなってきた。

そして、ついに「高学歴コンビ」としての仕事がやってきた。

その仕事は、春と秋の年に2回のクイズ番組の特番だった。

芸能人が200人ほど、スタジオでクイズに答えるのだ。まだまだそんな所に呼んでもらえる地位ではなかったのだが、大阪でやっている番組にださせて頂いている縁で、司会者の方がこの特番に呼んでくれたのだ。

しかも、優勝賞金が300万だった。

そんな、年収もはるかに超えた額にピンとこずに、始まる前に二人で、

「優勝したら折半《せっぱん》にしよな」

と言っていた。

そして、本番が始まった。

この番組のクイズの特徴は、まず運と勘が必要な問題がでる。

それに正解した何十人かで、知識が必要な問題を解くのだ。

僕はその「運と勘が必要な問題」をほとんど正解した。

例えば、犬を5頭ほど走らせて、どの犬が一番早くにゴールするかというような問題や、手品師がでてきてどんな手品をするかなどの問題で、僕はほとんど正解をだし

た。
内心（もしかしたら上位にいるかもなぁ）と思っていた。
１００位から発表があったのだが、なかなか名前がでてこなかった。
ベスト10の発表になっても、僕の名前はでてこなかった。
そして……１位になった。
頭が真っ白になるとはこのことだった。
司会者の方に名前を呼ばれ、前にでて行った。
前にでて初めて、芸能人を２００人見た。
２００人の芸能人が僕のことを（おまえは誰やねん）の目で見ていた。
あんなにかわいいと思ってたアイドルがオニみたいな顔で僕を見ていた。
一人だけ周りの目を気にせずに、はしゃいでいる人物がいた。
宇治原だ。
僕らの席は一番後ろだったので、前に行くと宇治原の顔はとても小さく見えた。
口元に注目した。
「３００万や、３００万や」

と言っていた。
司会者の方がなんとかフォローをしようとしてくれていた。
頭が真っ白で、何を言ったのか覚えていないまま番組は終了した。
僕の半笑いのアップで番組が終わった。
後日、親が録画していた優勝の瞬間を見た。
司会者「おめでとう。賞金は相方とわけるの？」
僕「いや、わけないです」
司会者「……俺に焼き肉でもおごってくれよ」
僕「……はい」
司会者「……それでは皆さん、さようなら」
一つもおもしろくなかった。
小学校低学年の暗い男の子がしゃべってるのかと思った。
僕は二度と頭が真っ白にならないでおこうと心に誓った。
そして3ヵ月後に、お金が振り込まれ、約束どおり僕は宇治原と折半した。
宇治原は本当に申し訳ないという顔で僕に言った。

「ほんまにいいの？」

僕は当然といった顔で言った。

「いいよ、約束やん」

すると宇治原は、

「ありがとう。やさしいな。俺も賞金とったら折半するわ!!」

と言ってくれた。

僕はやさしくなんてなかった。

僕は内心思っていた。

（今回は運で取った賞金やから、絶対宇治原のほうが実力で賞金を稼ぐだろう）と。

そして半年後、宇治原は「実力がいるクイズ番組」で優勝した。

優勝賞金は……３００万だった。

そして、僕も約束どおり賞金を折半してもらった。

それから、宇治原は少しずつではあるが、「現役京大生芸人」としてクイズ番組に呼ばれ、優勝した。

「大人になってからの勉強法」を駆使して。

# 第9章　大人になってからの勉強法

高校を卒業して8年、芸人になって7年が経ち、自分でも愕然《がくぜん》とする事実があった。

それは「昔、勉強したことってめっちゃ忘れるやん!!」だった。

大学に受かってから、毎年1月、新聞に載っているセンター試験の問題を見るのが楽しみだった。

大学に受かってからやってみるセンター試験は楽しかった。

解かなければならないプレッシャーもなかったし、こんな問題が解けていたんだという優越感もあった。

バスケもそうだった。

あれだけ高校時代はしんどかったのに、たまに集まってやると楽しかった。

正直自分でもわかったが、高校の時よりちゃんとやらなくてもいいと思うのか、視野が広くなり、バスケが上手くなった。

一緒にバスケをしていた宇治原に言った。

「俺、高校の時よりバスケ上手くなってない？　高校の時に戻りたいわ」

すると、宇治原はしっかりと現実を教えてくれた。

「それでも、まだ補欠やけどな」

あやうく浮かれるところだった。

ただバスケとは違い、センター試験の問題はだんだんと訳がわからなくなってきた。

大学に受かりたての初めの2、3年はわかる問題もあったし、わからなくてもなんとか解答を見たら（そうやったわ。懐かしいなぁ）と思えたが、芸人になって7年も経つと一つもわからなくなった。

逆に昔の自分に対して（よう、こんなん解いてたなぁ）と感心するようになった。

しかし、宇治原は違った。

高校や中学の問題もそうだし、小学校の問題もよく覚えていた。

僕は宇治原に聞いた。

「なんでそんな昔の勉強覚えてるの？　信じられへんわ」

宇治原が答えてくれた。

「忘れるほうが信じられへんわ」

明確な答えが聞けないままその会話が終わった。

宇治原は「大人になってからの勉強法」を実践していた。

大人になり、小学校、中学、高校の時と比べると、圧倒的に低下する能力があった。

それは記憶力だ。

僕はもちろんそうだが、宇治原も大人になるとかなり記憶力が低下してきたようだった。

その時の宇治原の行動は、誰でもできるやり方だった。

それは「すぐに調べる」ことだった。

宇治原は聞いたことのない言葉、聞いたことはあるけど説明ができないと思った言葉がでてくるとすぐに調べた。

誰かを取材するロケなどで、聞いたことのない言葉がでてくると、休憩時間にロケ車に戻り、携帯の辞書や、グーグルの検索で意味を調べるのだ。

僕は（知らん言葉やなぁ。家に帰ってから調べよう）と思い、ロケ車に戻るとすぐに寝た。

そして家に帰り、調べようと思うと自分でも信じられない現実が待っていた。

それは「何を調べようと思っていたのか」を忘れることだった。

この時ほど、自分で自分のことを嫌いになる瞬間はなかった。

一人で家で半笑いになった。

「何を調べようと思っていたのか」を気になってしまっていることと「ロケ車でかなり寝てしまった」ことが重なって眠れない日も多々あった。

だから、どうしても気になってしまった時は宇治原にメールをした。

「今日、俺、何を気になってたっけ？」

すると宇治原はすぐにメールをくれた。

「いや、知りません」

あたりまえの話だった。


そして、もう一つ宇治原が実践していた「大人になってからの勉強法」があった。

それは「人にしゃべる」ことだった。

宇治原は聞いたことのない言葉や、聞いたことはあるけど説明できないと思った言葉を調べると、僕にそれをしゃべった。

ロケ車で調べると、僕が起きるのを待って僕に今調べたことをしゃべった。

人に説明できて、初めて自分のものになるらしかった。

確かに僕も、その言葉は知っているけど、説明してと言われたら困る言葉は多々あった。

だから宇治原は僕に説明して、その言葉を自分のものにしていった。

つまり宇治原が知らない言葉を自分のものにしていけたのは、僕のおかげでもあった。

寝起きで、「宇治原が知らなかった言葉の意味」＝「僕が知りたくもない言葉の意味」を聞かされ、僕はすぐに二度寝をした。

宇治原の話を聞いたあとは、本当によく眠れた。

ただ宇治原の話を聞いていると、ちょっとずつではあれ僕も知識が増えてきたのは事実だった。

だから僕も宇治原と同じように、後輩にしゃべった。

さも自分が見つけて、調べたかのようにしゃべった。

「宇治原から聞いたんやけど」とは口が裂けても言わなかった。
ただ、宇治原の知識の7割ぐらいでしゃべった。
答えを先に言ってしまうこともあった。
その時はお酒のせいにした。
急に酔ったふりもした。
たまに聞いた話がごちゃごちゃになって、答えが違う話を教える時もあった。
すると前に宇治原からその話を聞いたことのある後輩が、
「あれ？　でも、宇治原さんはこう言ってましたよ！」
と訂正される時もあった。
その時、僕は決まってこう言った。
「まあ、いろんな説があるからなぁ」
宇治原の「大人になってからの勉強法」はほかにもあった。
それは「わかっていることも自分で調べて確認する」だった。
例えば仕事のお知らせの紙をもらったとする。
それには「どこどこに電車で行くので、どこどこに何時に来てください」と書いてあるのだ。

僕は書いてあるとおりにその集合場所に集合時間に行くだけだった。

だから目的地に着くまで、どこに行くか忘れている時もあるぐらいだった。

ただ、目的地には何も考えなくても着くので、一つも困らなかった。

宇治原は違った。

まず目的地がどの辺にあるのか、ネットや携帯で調べるのだ。

そして、そのためには集合時間は合っているか？　目的地までどれくらいかかるか？　も、しっかりと調べていた。

だから、宇治原の移動時間は充実していた。

ちゃんと移動時間もわかっているので、それに合わせた「何か」を携帯しているのだ。

だいたい宇治原は本を持ってきていた。

それも3冊持ってくるのだ。

それには理由があった。

宇治原の本の読み方は、「おもしろくなかったらすぐにやめる」だった。

無理して本を最後まで読まないのだ。

だから、本をとりあえず3冊持って行き、おもしろくなかったらすぐにやめて違う本を読むのだ。

そんな宇治原のかばんは尋常じゃないくらい重かった。

一度宇治原のかばんを持つ機会があったので、僕は感想を宇治原に言った。

「おまえのかばん置いたら、『ドラゴンボール』の悟空がTシャツを床に置いたみたいな音するなぁ」

漫画をまったく読まない宇治原には、何も通じなかった。

そんな「移動時間充実人間宇治原」と僕は違った。

（移動が長そうやな）と思ってゲームを持って行ったら、バッテリーを充電していなかったことが頻繁に起こった。

移動開始後すぐにゲームを立ち上げると、バッテリーのマークが赤に点滅している時の気持ちといったらなかった。

そういう時は寝るに限るのだが、寝れない時は最悪だった。

この世のものとは思えないほどの退屈な時間を過ごすことになるからだ。

必死でやることを探した。

「自分の爪の一本、一本の違い」を見つけたりした。

15回ほど、自分のスケジュールを確認したりした。

携帯のメモリーを見て「まったく連絡を取ってない人の削除」に費やした。

「メールが来るとその人の名前がでるが、実際どんなメールアドレスか見てみる」に費やした。

「久しぶり!! 元気にしてる?」のメールをたくさん送った。

メールエラーが返ってきて嫌な気持ちになった。

なんにも楽しくなかった。

だから僕は極力、お知らせの紙にも書いてあるどこに行くかを、宇治原にも聞くようにした。

たまに時間などは書き間違えで、宇治原のほうが合っている時もあった。

僕は「会社からのお知らせの紙」と「宇治原」の両方から知識を得ることができた。

医療における「セカンドオピニオン」だ。

宇治原のほうが合っていた時は、僕はこう思った。

「あー、やっぱりセカンドオピニオンは大事やなぁ」

ほかにも宇治原は「大人になってからの勉強法」を実践していた。

それは、高校から続けていたことだった。

「新聞をよく読む」だった。

ただ高校の時とは、決定的に変わったことがあった。

それは「なるべく3紙読む」ことだった。

宇治原いわく、思想に関わるニュースなどの場合、同じ事柄でも新聞によって書いてあることが全然違うらしかった。

だから、意見がなるべく偏らないように新聞を3紙読むことにしていたのだ。

僕も新聞を取っていたが、宇治原と僕とは決定的に違うことがあった。

それは「新聞を家に持って帰ること」だった。

外で新聞を読んだ場合、僕は読み終えるとすぐにゴミ箱に捨てた。

テレビ欄だけ持って帰った。

宇治原は新聞を持ってきて、それをちゃんと家に持って帰るのだ。

一度僕が新聞を持ってなくて、宇治原の新聞を読ませてもらった。

宇治原が読み終えたのを確認してから僕は借りたので、読み終えると僕は捨てようとした。

すると宇治原は言った。

「ごめん、返してくれる？　持って帰るから」

僕は新聞を持ちながら宇治原に聞いた。

「なんで？　もう読んだやろ？」

すると宇治原が言った。

「たまに後で読み返す時があるねん。だから一応置いておくねん」

信じられなかった。

新聞を後日読み返す人がいるとは。

しかもこんなに近くにいるとは。

しかも相方とは。

宇治原いわく、「新聞は一つの物語」らしかった。

だから読んでいて、わからないことがあれば、小説を読んでいて疑問に思った時に前のページを読み返すように、新聞も過去の新聞を読んだりするらしかった。

ほかにも小説とは少し違った楽しみ方もあるようだった。

というのは、同じ新聞で同じ事柄を書いているのに、過去の新聞に書いていたことは意見が変わっている時があるらしいのだ。

ある出来事について、反対していたのに、そんなに反対しなくなったり、たまに賛成になることもあるらしかった。

たとえば『ドラゴンボール』で悟空が、

「おら、もっとつえーやつと戦ってみてー!!」

と言っていたのに、ちょっと時間が経って、

「僕は話し合いがいいと思います!!」

と急に言いだすことが、新聞ではあるらしかった。

それを見つけた時が、宇治原の至福の時らしかった。

そして、それを宇治原はカッターで切り取って集めていた。

高校の時から思っていたが、その話を聞いて改めて思った。

(この子、気持ち悪い子やな)

# 第10章　京大卒芸人

芸人7年目になると、周りの状況も自分たちの状況もかなり変化した。

1年目の時とは違い、一緒にオーディションを受けていた芸人はほとんど辞めていた。

4、5組になっていた。

僕から見ても（辞めてほかの仕事を見つけたほうがいいやろな）と思う人もいれば、（なんで辞めるの？ もったいない）と思う人もいた。

ツジムラのコンビも、とうの昔に辞めていた。

辞めてからも連絡は取り合っていた。

芸人を辞めていくには大きく分けて2種類のタイプがあった。

自分にとって限界までやったから、諦めて違う仕事を探そうとするタイプと、自分では限界だとは思っているが、余力を残して辞めてしまうタイプだ。

前者のタイプの人は、後悔も未練もないので、それからの仕事で上手くいく人が多かった。

もともと芸人を目指していたこともあり、人づきあいもよく、しゃべるのも達者だからだ。

営業の仕事に就いて、芸人をやっていた時よりも何十倍も稼いでいる人もいた。

ただ、後者は最悪だった。

「まだ芸人をやりたい」気持ちもあるし、「違うやつとコンビを組んでいたら売れていたかも」とも思うし、なにより芸人以外にやりたいことが見つからない人が大半だった。

だから、どの仕事に就いても中途半端に辞めてしまうのだ。

ツジムラは後者だった。

ツジムラはなかなか決まった職に就かなかった。

もともと一攫千金《いっかくせんきん》を狙って芸人になっているので、固定給をもらって仕事をすることができないのだ。

だから歩合で、自分の働きに見合った給料をもらえる所を探しては仕事に就いたが、長続きしなかった。

現実問題として、大学もでておらず、20代半ばまで芸人をしているツジムラにまともな仕事もなかなかなかった。

それから、芸人独特のサガなのか「飽きやすい」のだ。

芸人の時は嫌なことがあっても我慢できるが、ほかの特にやりたいとは思わない仕事を我慢して続けることができなかった。

芸人という「めちゃくちゃやりたいこと」をしていたツジムラは、ほかにやりたいことが見つからずにもがいていた。

あと、なぜかツジムラが働いた店はだいたい潰れた。

ツジムラは運がなかった。

ツジムラの自転車のカゴには、だいたい誰かが捨てた空き缶が入っていた。

自動販売機でお金を入れたのに、ジュースがでてこないことも多々あった。

コンビニで弁当を買ったのに、お箸が入っていないこともよくあった。

そんなツジムラが職を10回以上も変え、やっと長続きするかもと言ってきた仕事に就いた。

それは、バーの店長だった。

僕はそれまでのツジムラがいかがわしい仕事をしていたのも知っていたので、心底嬉しかった。

バー初日に顔をだすと、店は満杯だった。

ツジムラはお客さんにお酒を作ったり、店員に指示をだしたりと頑張って働いていた。

開店から1時間後に事件が起こった。

「パリーン!!!」

僕の隣に座っていたお客さんが、酔ってグラスを割ってしまったのだ。

幸い軽傷だったが、手が切れて血がでていた。

まだ店に医薬品を置いてなかったツジムラは、外に買いだしに行っている従業員に電話をかけた。

「急いで消毒液買ってきて!!!!」

それから10分ほど経って、買いだしに行っていた従業員が戻ってきた。

「すいません、遅くなって!!　買ってきました!!」

手には消毒液ではなくショートケーキを持っていた。

店中がきょとんとした。

「え？　消毒液、買ってこいって言ったやろ？」

ツジムラがお酒を作る手を止め、聞いた。

すると、買いだしに行っていた従業員が言った。

「え？　ショートケーキ買ってこいって言いませんでした？」

その従業員は誰かが怪我をしたとは思わず、誰かが誕生日なんだと思い、消毒液を聞き間違えてショートケーキを買ってきたのだ。

ショートケーキにチョコレートで書いた小さい字で「おめでとう」と書いてあった。

ツジムラは、

「もし良かったら」

と言って、怪我をしたお客さんに渡した。

間髪いれずそのお客さんが、

「何がめでたいねん!!」

と言って帰っていった。

それから、すぐにツジムラのバーは潰れた。

芸人7年目になる変化として「コンビの距離感」があった。

どのコンビも1年目の時とは違い、仲の良い先輩や後輩ができるので、相方とどこかに遊びに行くことはなかったし、楽屋では必要最低限の会話しかしないようになっていった。

「コンビで話すのはなんか恥ずかしい」という雰囲気があった。

ただ、僕らは楽屋でも普通にしゃべるし、ご飯も食べに行ったりしていたので、周りから「仲が良いコンビ」として認識されるようになった。

もともと友達同士ということもあり、芸人になって相方に変わったが、6年も経つと逆にまた友達に戻ったような感じだった。

「なんでそんなに仲がいいの？」

と聞かれることがあったが、特にこれといって理由があるわけではなかった。

強いていえば「親しき仲にも礼儀あり」の考え方が、二人にあったかもしれなかった。

普通に朝会えば、

「おはよう」

と言うし、仕事が終われば、

「お疲れ」

とも言うし、何かしてもらえれば、

「ありがとう」

と挨拶するぐらいだった。

だから「高学歴コンビ」というよりも「仲良しコンビ」のほうが、芸人の間では浸透していった。

というのは、あることがばれたのが大きな要因だった。

それは「宇治原は賢いけど、菅そないやん」だった。

芸人の中には、大学には行っていないが賢い人はたくさんいた。

知識の量も半端なかった。

プロレスや野球やサッカーなどの自分が興味を持っていることに対する知識が、それぞれずば抜けていた。

それに比べて僕は何かの知識がすごいということもなく、勉強の知識でももちろん宇治原に負けた。

だから、後輩も何かわからないことがあると宇治原に質問をした。

僕に対する後輩からの質問は、

「宇治原さんどこに行きましたか？」

だった。たまに僕は、

「宇治原に聞かんでも俺が教えるやん」

と言って、知りたがっている質問を聞いた。

結局僕もわからず、僕も答えが知りたくなって、後輩と二人で宇治原に聞きに行った。

答えを知った時は「コンビの仲が良くて良かった」と心から思えた。

そして、芸人7年目で宇治原にとって一番大事な出来事があった。

それは「京大を卒業できるかどうか？」だった。

宇治原はまだ芸人ではなかった1回生の時は普通に単位を取ったが、芸人になった大学2回生からは大学に行く機会も減り、単位も取れなくなり、留年を繰り返し、リミットの8回生になっていた。このままでは中退か除籍になってしまう。

僕は大学に受かるのが目的で、卒業するつもりはなかったので、早々とリタイアしていた。

結局、大学にはネタ合わせをする時に行ったぐらいだった。

ただ宇治原は残りの単位数も少ないこともあり、卒業する気満々だった。

宇治原の地獄が始まった。

「地獄が始まる」という言葉があるかどうかわからないが、地獄が始まっていた。

芸人7年目になり、二人にとって大きく変化したことといえば、仕事がかなり増えたことだった。

それなりに、給料ももらえるようになり、それぞれが一人暮らしも始めた。

1年目の時には一人暮らしなど考えられなかった。

1回の舞台のギャラが500円だったからだ。

だいたい月に4回舞台に立っていたので、給料は2000円だった。

源泉徴収され、手元に残るのは1800円だった。

僕はある時先輩に聞いた。

「月に10万稼ぐことってできるんですか？」

今考えると失礼な質問だが、その先輩はやさしく教えてくれた。

「ある程度やってたらもらえるで」

僕は信じていなかった。

単純計算すると、月10万もらうには200回舞台に立たなくてはならないからだ。日割りすると、1日に7回舞台に立たなくてはならないのだ。

とりあえず、そんなに舞台はやっていなかった。

でも先輩の言うとおり、ある程度経つと1回の舞台のギャラもあがり、テレビにもでれることになり、ある程度給料をもらえるようになった。

その代わりと言ってはなんだが、休みがなくなった。

そんな状況の中、宇治原は時間を見つけては卒業試験の勉強をしていた。

ロケ車の中。

新幹線の中。

飛行機の中。

遅くまでロケをしてロケ車で大阪に戻る時があったのだが、宇治原は「ロケ車は暗くて勉強できない」という理由で、一人で電車で帰ったりしていた。

これだけ努力をしているのを、身近に見ていたので合格してほしかった。

「京大芸人」から「京大卒芸人」か「京大中退芸人」になるかの瀬戸際だった。

そして、卒業試験も終わり、合格発表があった。

奇《く》しくもその日は僕たちが初めてＮＧＫというお客さんが１０００人ほど入る劇場でネタだけの単独ライブを開く日だった。

来てくれるお客さんも今日が、京大の卒業試験の合格発表であることはわかっていたので、エンディングに宇治原の合否の発表をしようとしていた。

一応受かった時と、落ちた時の両方を考えていて、受かった時は僕が、

「落ちると思っていてすいませんでした!!」

と言って土下座をして、落ちた時は宇治原が、

「落ちてすいませんでした!!」

と言って土下座をする予定だった。

一応、受かっても落ちても盛り上がるように考えていた。

楽屋に入ると、朝から京大の合格発表に行っていた宇治原がもう楽屋にいた。

僕はおそるおそる宇治原の顔色をうかがった。

宇治原は笑顔だった。

結果は明らかだと僕は思った。

僕も笑顔で宇治原に聞いた。

「どうやった?」

宇治原が笑顔で答えた。

「落ちたで!!」

僕は受かったのに落ちたという宇治原のしょうもない冗談だと思った。

僕はもう一度宇治原に聞いた。

「いや、受かったんやろ?」

すると、宇治原がもう一度同じような笑顔で言った。

「いや、落ちたで!!」

僕は思った。

宇治原は京大の卒業試験に落ちて気がふれてしまった。

仕事の合間にあれだけ勉強したのに、卒業試験に落ちて気がふれてしまった。

感情のコントロールができなくなっていると思った。

だから、僕は宇治原に言った。

「まぁ、しゃあないやん。あれだけ頑張ったんやし。京大入るだけですごいで。日本の大学はでることより、入ることのほうが難しいからなぁ」

すると、宇治原がさっきよりとびきりの笑顔で言った。

「来年また受けれることになってん!!!」

やっぱり宇治原は卒業試験に落ちて、気がふれてしまった。

大学で留年できるのは、京大であるとか府大であるとか関係なく8年目までで宇治原は最後の年の8年目だからだ。

来年受けることなど、できるはずがなかった。

「いや、もう8年目やから無理やんか?」

子供をなぐさめるように僕は言った。

すると、宇治原が9年目に突入できる裏技を教えてくれた。

「実は今年の学費を払ってなかってん。だから今年は休学扱いになって来年8年目やねん!!!」

宇治原に詳しく話を聞いた。

宇治原は留年した時から学費を自分で払っていたのだが、大学の学費を前期と後期に分けて払うようにしていて、前期の学費は払ったが、後期の学費を払うのを忘れていたのだ。

それで休学扱いになったらしかった。

宇治原は「京大芸人」から「京大中退芸人」もしくは「京大卒芸人」のどちらの枠にも当てはまらない芸人になった。

宇治原は「京大の学費踏み倒し芸人」になったのだ。

僕は京大に合格したエリートとコンビを組んだつもりが、学費を踏み倒す盗人《ぬすっと》とコンビを組んでいたのだった。

宇治原はヘラヘラ笑っていた。

そんな宇治原に僕は怒鳴った。

「おまえ!!　今日のエンディングどうすんねん!!　どっちが土下座すんねん！！！」

そして、ライブのエンディングを迎えた。

二人で土下座をした。

僕たちは、結果を楽しみにしていてくれたお客さんに叫んだ。

「なんか変な結果になってすいませんでした!!!」

それから1年後、宇治原は学費を踏み倒すこともなく、卒業試験を受けた。

そして……「京大卒芸人」になった。

「京大卒芸人」になってからハクがついたのか、前にもまして宇治原はクイズ番組などに呼ばれるようになった。

# 終章

みんなが同じように宇治原に言った。

テレビ局の局員が宇治原に言った。

「宇治原くんって賢いよね」

芸人の後輩が宇治原に言った。

「宇治原さんって賢いっすよね」

芸人の先輩が宇治原に言った。

「宇治原は賢いなぁ」

宇治原は芸人になり、本当に賢いことは勉強ができることではないことを理解していた。

知識ではなく、知恵が大事であることも理解していた。

ただ、知恵は知識がないことには生まれないことも理解していた。

だから、芸人になっても「大人になってからの勉強法」で知識を増やしていた。

そこから生まれた知恵を使って、宇治原は満面の笑みで大げさにこう言った。

「ありがとうございます！！！！」

# あとがき

宇治原史規

２００８年10月に出版された『京大芸人』の続編として書かれたこの作品が、このたび文庫化されるということで、相方としてお祝いを伝えたく、あとがきの執筆依頼をお受けしました。文庫化、誠におめでとうございます。

執筆にあたってもう一度読ませていただきました。

先ほど「おめでとうございます」と書きましたが、文庫化によって今までより多くの方に読まれるということは、決しておめでたいばかりではないということを思い出しました。

『京大芸人』もそうでしたが、『京大少年』を読んでいただいた方によく言われるのが「菅さんの宇治原さんに対する愛情を感じます」という感想です。

これを聞くたびに毎回思っています。

どこがやねん！！！

むちゃくちゃいじってるだけやん！！！

そしてなにより、
作品をおもしろくするためにはしゃあないかもしれんけど、宇治原うっとうしいな！！！

本人でもそう思います。

この作品を読んで、誰か宇治原のことを好きになりますか？「相方のことをよく見て理解している」と、菅さんの好感度だけ上がってませんか？

不安でたまりません。

幼少期、周りから褒められても素直に受け取らず、うっとうしいですね。

小学生時代、「ええかっこしい」で、うっとうしいですね。

そして芸人になったら不幸続きで、かわいそうですね。

宇治原には罰が当たったんですか？

宇治原がんばれ！と思ってもらえますか？

ざまあみろ！と思われてませんか？

不安でたまりません。

そこで読者のみなさまには今一度、念押ししたいことがあります。

この作品は『小説』です。ノンフィクションではありません。

もちろん事実にもとづいて書かれていますが、事実そのものではありません。

『京大芸人』の文庫版のあとがきにも書かせていただきましたが、もう一度書きます。

われわれが持っている坂本龍馬のイメージは、司馬遼太郎さんの描いたものではありませんか？実際の龍馬と大きく離れてはいないでしょうが、司馬遼太郎さんが語らせたセリフは、一言一句そのまま龍馬が言ったわけではありません。

そうです、著者菅広文と、私宇治原史規は、司馬遼太郎さんと坂本龍馬の関係性なのです。

「一緒にするな」「おそれ多い」との声が聞こえてきます。重々承知しております。

しかしこの論法しか宇治原には逃げ道がないのです。

この作品は『フィクション』です。これだけは覚えておいてください。

坂本龍馬も、完全な事実は本人が書いた手紙など……

本人が書いた……

残っていましたね。宇治原にも。本人が書いたものが。

本文中に登場した、『愚痴』というタイトルのおそろしい卒業文集の作文。なんであんなこと書いたんでしょうか。とんでもないですね。

この場をお借りして、同級生、先生方、すべての学校関係者のみなさまに、謝罪したいと思います。

菅さん、なんであれだけそのまま脚色せずに載せたんですか？　菅さんの言葉で要約して、「〜みたいなことが書いてあった」としてくれていたら『フィクション』だと言い逃れができたのに。

本物の卒業文集の作文を載せたことによって、ほかのエピソードも信ぴょう性を増してへんか？

あの一級史料が、「宇治原本当にうっとうしい」という学説の裏付けになってもうてるやん。

もうなんやったらこのあとがきのタイトルも『愚痴』にしてやろうか。

文章が乱れてきたので、このあたりにしておきます。
こうなったらもう笑っていただくしかありません。
実際、今回本文を読み返しながら、何か所も声を出して笑ってしまいました。
読者のみなさまに少しでも笑っていただければ、題材になった私としても本望です。
そしてこんなにおもしろく描いてくれた菅さん、本当にありがとうございます。
いまの一言で少しは宇治原の好感度も回復したでしょうか？
あらためまして、文庫化、誠におめでとうございます。

――芸人（ロザン）

この作品は二〇〇九年十一月講談社より刊行されたものです。

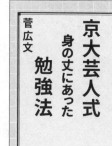

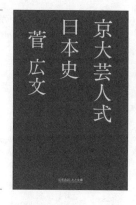

# 京大少年《きょうだいしょうねん》

菅広文《すがひろふみ》

令和5年6月10日　初版発行

発行人――石原正康
編集人――高部真人
発行所――株式会社幻冬舎
〒151-0051東京都渋谷区千駄ヶ谷4-9-7
電話　03(5411)6222(営業)
　　　03(5411)6211(編集)
公式HP　https://www.gentosha.co.jp/

印刷・製本―株式会社 光邦
装丁者――高橋雅之
　　　　　米谷テツヤ



幻冬舎よしもと文庫

ISBN978-4-344-43303-8　C0193　Y-23-4

この本に関するご意見・ご感想は、下記アンケートフォームからお寄せください。
https://www.gentosha.co.jp/e/